소설 쓰는 소설

SYOUSETSU NO KAKIKATA
ⓒ Yasutaka Sudo, 2015
All rights reserved.
Original Japanese edition published by KODANSHA LTD.
Korean publishing rights arranged with KODANSHA LTD.
through EntersKorea Co., Ltd.

이 책의 한국어판 저작권은 (주)엔터스코리아를 통해
저작권자와 독점 계약한 책과콩나무에 있습니다.
저작권법에 의하여 한국 내에서 보호를 받는 저작물이므로
무단전재와 무단복제를 금합니다.

소설 쓰는 소설

스도 야스타카 지음 | 김지연 옮김

책과콩나무

차례

1. 문예부 ...7

2. 릴레이 소설 ...14

3. 기미코와 부원들 ...35

4. 소설의 제목은 〈다시 일어서는 소녀〉 ...58

5. 아이 포인트와 분할 ...69

6. 여름 합숙! ...89

7. 소설가 바다사자 씨 ...104

8. 요리와 소설 ...112

9. 스톱 & 고와 팥죽 소금 ...124

10. 다이조는 어떻게 소설을 좋아하게 되었을까? ... 154

11. 포기하지 않으면 실패란 없다 ... 164

12. 마지막 질주! ... 174

13. 폭풍우 속의 패밀리 레스토랑 ... 184

14. 질책이 좋은 원고를 만든다 ... 211

15. 1차 심사 ... 221

16. 생각을 끝까지 사랑하라 ... 234

옮긴이의 말 ... 248

1. 문예부

캐치볼이 재미있어졌다.

공을 잡을 때의 '탁' 하는 둔탁한 소리와 왼손의 감촉이 좋다. 나는 다이조가 있는 힘껏 공을 던지는 것이 좋다. 나머지 두 사람은 싫어하지만. 공을 잡은 기세를 이용해서 몸을 쫙 펴고 힘을 주어 가에데에게 공을 던졌다.

"기미코! 너무해!"

가에데가 내 이름을 외치며, 가느다란 두 팔과 뾰족한 턱을 쳐들었다. 엄청난 폭투였다.

"미안!"

나도 외쳤다. 오늘만 해도 벌써 세 번째다.

"기미코는 백 퍼센트 폭투니까 좀 더 숙였어야지. 학습이라는 말을 모르니?"

가에데의 등 뒤에서 다이조가 질렸다는 듯이 소리친다.

다이조의 말투가 거슬렸다. 백 퍼센트는 아닌데. 내 본업은 공을 차는 거다. 축구공을 패스하는 일이라면 완벽하게 가에데의 발치로 보낼 수 있다.

"받기 쉽도록 공을 던져야지. 캐치볼은 배려라고."

"나도 알아. 아직 어깨가 안 풀려서 그래."

다이조와 내가 입씨름을 하는 사이, 가에데는 굴러간 공을 재빠르게 쫓아갔다가 성실하게 다시 원래 자리로 돌아와서 포물선을 그리며 하루노에게 던졌다. 가에데는 말도 행동도 빨라서 별로 미안한 마음이 들지 않는다. 나는 가에데의 활기에 어리광을 부리는 건지도 모른다.

하루노는 엉거주춤하게 서서 공을 잡은 다음 어색한 자세로 다이조에게 던졌다.

운동장 한구석에서 네 사람이 길이 10미터의 정사각형을 만들어서 순차적으로 공을 던진다. 느슨한 캐치볼이다. 그런데도 제대로 공이 돌아간 적이 없다. 그래서 짜증이 났는지 다이조는 온 힘을 다해 공을 던진다. 공이 내 글러브에 '쾅' 소리를 내며 꽂힌다. 다이조가 손목시계로 눈을 돌렸다. 거의 20분이 지나 있었다.

"다이조! 이제야 몸이 풀렸어. 조금 더 하자!"

하루노가 소리쳤다.

장마철치고는 하늘이 맑고 습하지 않아서 나도 찬성했다. 오른쪽 주먹으로 글러브를 탁탁 쳤다. 내가 던진 폭투 탓에 제일 많이 뛰어다닌 가에데도 웃으면서 고개를 끄덕인다.

"그럼 20분 더 연장…… 이라고 할 줄 알았어?"

다이조가 늘 그렇듯이 장난을 친다. 익숙해진 터라 우리는 피식 웃지도 않는다.

"우리가 무슨 야구부야?"

그렇다면, 우리는 무슨 부란 말인가.

우리 네 명은 문예부다. 가나가와 현립 요코스카분쇼 고교 문예부 부원이다. 넷 다 2학년. 3학년이나 1학년은 없다. 동아리 활동치고는 꽤나 초라하다.

우리 학교는 이 지역에서 '스카분'으로 통하고 있어서, 스카분 문예부는 줄여서 '분문'이라고 불린다.

문예부 부원이 왜 캐치볼을 하는 걸까? 고문의 제안이었다.

"문화 동아리는 운동하면 안 된다고 법으로 정해져 있기라도 해?"

올해 5월, 부원이 네 명으로 확정된 시점에서 고문인 스카린이 말했다.

"방과 후엔 계속 책상에 찰싹 달라붙어 있지? 그 전에 가볍게 몸을 움직이라고. 강약 조절이 필요하니까."

스카린은 올봄에 우리 학교로 온 이과 교사다. 본명은 스가 마사토시. 이름 때문에 붙은 별명이지만, 시의 마스코트인 '스카린'*과 얽혀 버렸다. 하지만 귀여운 맛은 전혀 없고 마치

---

*실제 요코스카 시의 마스코트 이름. 요코스카와 마린(바다)의 합성어다.

실험실에 있는 해골 표본같이 생겼다. 은테 안경을 쓴 해골은 절대로 서른다섯 살로는 안 보인다. 주로 3학년 수업을 맡고 있고, 인기는 별로 없지만 부원들의 신망은 두텁다. 참견을 안 하기 때문에. 지시라고는 오직 캐치볼뿐이다. 문예부의 활동 거점인 2학년 C반 교실에도(심지어 동아리방도 없다!) 얼굴을 내미는 법이 없다. 슈퍼 울트라 초방임주의다.

넷이서 손을 씻었다. 막바지 장마철의 후텁지근함 탓에 땀을 꽤 많이 흘렸다. 다이조는 "으아악!" 하며 요란스레 얼굴을 씻었다.

상쾌한 기분으로 아무도 없는 교실로 들어갔다. 다이조가 창문을 열자 미지근한 바람이 불어 들어왔다. 이 순간이 좋다. 아침의 교실과는 느낌이 다르다. 나는 아침에는 어쩐지 평소와 달리 말수가 적어진다. 동쪽 창문으로 아침 햇살이 강하게 쏟아지는 것도 좀 괴롭다. 그러다가 3교시쯤부터 해가 높아지면 머리와 마음이 움직이기 시작한다.

방과 후의 교실은 바람이 잘 통한다. 해가 건물 서쪽으로 이동하면서 빛의 흔적이 남아 어딘가 쓸쓸하면서도 시원하다. 수업을 받지 않고 교실에 남아 있다는 사실이 기분을 좋게 하는 건지도 모른다.

바람은 우라가 수도*에서 불어온다.

우리 학교는 풍광이 좋다. 요코스카 해안선 옆에 자리하고 있어서 동쪽으로 나 있는 교실 창문으로는 바다가 보인다. 공기가 맑을 때는 건너편의 보소 반도**가 선명하게 눈에 들어온다. 그곳엔 만에 드나드는 화물선이나 여객선이 늘 떠 있다.

학교에는 전설처럼 내려오는 이야기가 있다. 창가 자리에 앉는 사람은 성적이 좋지 않다는 것이다. 바다와 바다 위에 떠 있는 배를 보느라 수업에 집중할 수 없기 때문에. 시험 성적이 나쁠 때는 "바다를 쳐다보느라."라고 핑계를 댄다. 선생님도 "바다 좀 그만 보고 칠판에 집중해!"라고 말하곤 한다.

참고로, 우리 학교는 현립 고교 중에서 하위 그룹에 속하지만, 같은 등급의 다른 학교보다 입시 경쟁이 치열하다. 좋은 풍광이 인기로 이어진 것이다.

7월의 바람이 흰색 커튼을 파도처럼 흔든다. 다이조가 창가 의자에 앉는다. 다이조의 자리다. 내 자리는 오른쪽 바로 옆이지만, 한 줄 건너 다른 자리에 앉았다. 가에데와 하루노도 내 옆으로 자리를 잡았다.

네 명이니까 책상을 붙여서 사이좋게 마주 앉으면 좋으련만 우리는 이렇게 3대 1로 편을 가른 것처럼 앉는다.

"생각해 온 계획을 말해 보자."

다이조의 손가락이 가에데의 얼굴을 가리킨다. 가에데는 짧은 머리카락이 흔들리도록 고개를 좌우로 흔들었다. 잊어

---

*미우라 반도와 보소 반도 사이의 해협
**지바 현의 대부분을 차지하며 태평양을 향하고 있는 반도

버렸다는 뜻이다. 다이조는 과장되게 혀를 끌끌거리고는 하루노를 지목했다. 다이조의 손가락 각도가 올라간다. 하루노는 넷 중에서 가장 키가 크다.

"요코스카를 무대로 한 소설을 골라서 줄거리와 등장인물을 소개하면 어떨까?"

다이조는 "으음." 하며 신음소리를 내더니, 아무 대꾸도 하지 않고 나를 가리켰다.

"요코스카와 관련 있는 소설가를 초대해서 강연을 듣는 건 어때?"

다이조가 또 "으음." 하며 앓는 소리를 낸다. 왠지 짜증스러운 표정이다. 입술이 일그러지고 얼굴을 한껏 찡그린다. 가만히만 있으면 잘생긴 편에 속할 텐데. 그래서 나는 다이조의 얼굴을 잘 쳐다보지 않는다.

"여전히 밥맛 떨어지는 태도네. 다이조, 네가 생각한 계획은 뭔데 그래?"

가에데가 속사포처럼 말을 쏟아 냈다.

다이조는 거들먹거리는 말투로 말한다. 하루노와 나도 다이조의 그런 모습에 울컥할 때가 많지만, 맨 먼저 불만을 드러내는 건 언제나 가에데.

"숙제를 잊어버린 사람이 할 말은 아닌 것 같은데? 넌 부부장이니까 좀 더 리더십을 발휘했으면 좋겠어."

"날라리? 날라리는 너잖아."

또 시작이다! 하루노와 나는 동시에 외쳤다.

"그게 아냐!"

가에데가 리더십을 '날라리'로 잘못 알아들은 것이다. 다이조의 발음이 나빠서가 아니다. 가에데는 말귀가 어둡다. 그래서 별명이 '사오정'이다.

다이조가 한쪽 눈을 찡긋하며 쓴웃음을 지었다.

우리 학교에서는 10월이면 문화제가 열린다. 우리는 지금 무엇을 출품할지 계획을 세우는 회의를 하고 있다.

다이조가 짜증 가득한 표정으로 돌아왔다. 가에데가 입을 삐죽 내민다.

"부장님은 얼마나 대단한 계획을 세워 오셨을까?"

가에데는 입은 험하지만, 목소리가 부드럽고 귀여워서 전혀 상스러워 보이지 않는다. 그래서 일부러 더 독설을 하는 것 같기도 하고.

다이조는 오른손으로 머리카락을 쓸어 올리면서 히죽거렸다. 그러더니 등을 쭉 펴고 천천히 고개를 끄덕이면서 말했다.

"소설을 쓰는 거야."

2. 릴레이 소설

"소설이라니? 우리가 소설을 쓴다고?"

가에데의 질문에 다이조는 자신만만하게 고개를 끄덕였다.

"소설을 써서 신인상 공모전에 응모하는 거야. 호센샤가 주관하는 호센 장편 신인상을 목표로. 마감은 10월 말이야."

"무슨 귀신 씻나락 까먹는 소리야? 그래서는 문화제 출품작이 안 되잖아?"

'~잖아'는 하루노의 말버릇이다.

"될 수 있어. 문화제 때까지 1차 원고를 완성하고 제작 과정을 전시하면 돼. 스토리 전개나 캐릭터 구성, 어떤 부분이 가장 힘들었다거나 앞으로 어떤 식으로 다듬어서 완성해 가겠다거나, 다시 말해, 실시간으로 소설이 완성되는 과정을 보여 주는 거지."

"이해가 안 돼. 소설 쓰는 게 문예부 활동이라는 거야?"

가에데의 질문에 다이조가 고개를 한 번 끄덕이더니 자리에서 일어나 칠판 앞으로 갔다. 그러고는 커다랗게 '공동 집필'이라고 썼다.

"다 같이 쓰는 거야. 더할 나위 없이 멋진 문예부 활동이지."

"주제와 매수를 정해서 동시에 쓰기 시작하자고?"

"그건 '경쟁 집필'이잖아?"

"경쟁이 아니라 협력. 장편 하나를 같이 쓰자는 말이야."

"같이 쓴다니 어떻게?"

"가에데는 한자를 맡고 하루노는 히라가나를 쓰면 돼. 기미코는 가타카나를 쓰고."*

다이조는 웃음을 멈추고 미미하게 콧구멍을 벌름거린다. 늘 그렇듯 농담을 한 다음에 보이는 의기양양한 표정이다. 하지만 다이조의 농담은 대부분 썰렁하게 끝을 맺는다. 언제든지 우리를 웃게 해 주려고 노력하는 자세는 높이 평가하지만 말이다.

"뭐라고? 그럼 넌?"

"난 쉼표랑 마침표를 담당하면 되지."

"너무 간단하잖아."

"그렇지도 않아. 마침표는 둘째로 치더라도 어디에 쉼표를 찍어야 할지 정하는 건 어려워. 문장력이 필요한 일이라고."

다이조가 오른손으로 머리를 쓸어 올린다. 잘난 척이다. 우

---

*일본어는 한자, 히라가나, 가타카나를 섞어서 표기한다.

리 여자 셋은 어이가 없어서 일제히 다이조를 쏘아보았다. 쏘아봐야 이야기가 끝이 난다. 그렇게라도 하지 않으면 다이조는 언제까지고 내달린다. 끝낼 타이밍을 모른다.

"농담이야, 농담. 릴레이 형식으로 쓰자는 말이야."

다이조는 그렇게 말한 다음 '공동 집필' 옆에 '릴레이 형식'이라고 썼다.

"주제와 줄거리를 정해서 릴레이 형식으로 쓰는 거야. 원고지 열 장을 채우면 다음 사람한테 넘겨. 그런 식으로 300장짜리 장편을 완성하는 거지."

300장이라니. 그런 게 가능하기나 할까.

"그런 게 문학계에서는 흔한 일이야?"

"거의 없어. 소설은 혼자 쓰는 작업이니까. 그래도 아예 없는 건 아니야. 두 사람이 공동 집필을 하는 경우도 있으니까."

"릴레이 형식의 장점은?"

"좋은 질문이야."

하루노와 다이조의 대화를 들으면서 나도 모르게 "잘난 척하기는." 하고 중얼거리고 말았다. 생각보다 목소리가 컸는지 가에데가 웃음을 터뜨렸다. 평소에도 우쭐대면서 말하는 다이조가 교단에 선 탓인지 한층 더 거만해졌다.

"노루가 세 마리면 호랑이를 잡는다는 말은 들어 봤지? 혼자서는 생각할 수 없는 내용이 전개되지. 게다가 좌절할 일도 없어. 바로 팀워크 효과라는 거지. 집필 차례가 돌아올 때는 스토리가 진행되어 있으니까 신선한 맛도 나고. 고등학교 문예부만 할 수 있는 일이야. 사람 수도 이 정도가 딱 좋아. 기본적으로 한 사람이 이틀 동안 쓰기로 하면 일주일 이내에 다시 차례가 돌아와. 어쨌든 소설은 완성하는 게 중요하니까."

나는 무심코 웃고 말았다. 소설을 써 본 적은 없지만 재미있을 것 같아서 구미가 당겼다.

"자주 듣는 말 있잖아? 힘든 일도 둘이 하면 고통은 반이 되고 기쁨은 배가 된다는 말. 셋이니까 얼마나 더 즐겁겠어?"

"원고지 300장이 전혀 상상이 안 돼."

내가 말했다.

"장편치고는 짧은 편이야. 얇은 문고본 정도? 예를 들면 나쓰메 소세키의 『도련님』은 줄 바꿈이 적어서 빽빽한데, 읽기 쉽게 줄을 바꾸면 300장 정도가 돼."

"300을 4로 나누면 한 사람당 75장인데, 그만큼 쓸 수 있을까?"

"무슨 소리야! 한 사람당 100장씩이지."

"다이조, 나눗셈 못 해? 어떻게 100이야?"

"300 나누기 3. 가에데, 하루노, 기미코가 쓸 거니까. 아까 노루가 세 마리면 호랑이를 잡는다고 말했잖아."

"너는?"

"원고 체크. 편집자 역할이지."

"얍삽해."

"뭐? 편집자는 진짜 힘든 역할이라고."

편집자라는 말을 들어 보기야 했지만 무슨 일을 하는지는 모른다. 다이조는 자신만만하게 떠들어대기 시작했다. 다이조는 누가 묻지 않아도 입을 뗄 때가 있다. 어떤 의미로는 남의 마음을 잘 읽는다고 할까. 그것이 다이조의 몇 안 되는 장점인지도 모른다.

"편집자는 작품의 첫 번째 독자야. 작품을 읽고 나서 좋은 점과 나쁜 점을 지적하고, 정확하게 수정을 지시하지. 더 좋은 작품을 만들기 위해서 말이야. 편집자는 작가의 재능을 최대한으로 끌어내는 역할을 해. 작가와 편집자가 이인삼각으로 달리는 거지."

"엄청 중요하구나. 그러고 보니 〈사자에 씨〉*에 이사사카라는 사람이 나오잖아. 그 사람도 작가야?"

"아마도 순수 문학 작가일 거야."

"그럼 노리스케는 편집자야?"

가에데의 질문에 다이조가 고개를 끄덕인다. 나는 잘 모른다. 〈사자에 씨〉가 애니메이션이라는 건 알지만, 방영 시간에는 거의 집에 없었기 때문에.

---

*일본의 만화가 하세가와 마치코의 작품으로, 전업주부 사자에와 그 가족의 이야기를 담고 있다. 일본의 국민 만화로 꼽히며, 애니메이션으로 만들어져서 후지 TV에서 40년 넘게 방송되고 있다. 이사사카는 사자에의 이웃으로, 노리스케는 사자에의 사촌으로 등장한다.

"다이조가 말한 거랑 다르잖아. 노리스케는 그냥 원고를 받아 가기만 했어."

"맞아. 노리스케가 지시를 하거나 이사사카가 원고를 수정하는 건 본 적이 없어."

"안 나오는 것뿐이야. 노리스케는 원고를 읽고 나서 의견을 말하고, 이사사카는 필사적으로 다시 쓰는 게 분명해. 고쳐 쓰지 않는 소설은 있을 수 없어. 아무리 대작가가 쓴 작품이라도."

"편집자가 작가보다 지위가 더 높아?"

"높낮이의 문제가 아니라 객관적으로 작품을 보는 눈을 말하는 거야. 작가는 자기 생각을 써 나가잖아. 그야말로 주관 덩어리지. 그것도 나름 괜찮아. 그 작가만 만들어 낼 수 있는 세계는 중요하니까. 하지만 소설은 주관과 객관의 싸움이야. 재능 있는 주관과 분별력 있는 객관의 조합이라고나 할까."

그렇다면 다이조는 분명 편집자 타입이다. 소설에 관한 지식이 엄청나다. 어른도 무색할 정도로 해박하다. 태도나 말투는 정말 밥맛 없지만.

"릴레이 소설에서는 더더욱 편집자가 중요해. 세 사람의 주관을 정리하는 거니까."

"너는 소설 써 본 적 있어?"

다이조는 한순간 얼떨떨한 표정을 짓다가 이내 없다고 대답했다. 가에데가 콧방귀를 뀌었다.

"뭐야? 워낙 척척박사 행세를 해서 당연히 몇 편 써 본 줄 알았더니. 그저 머리만 굵은 평론가였어."

"평론가라도 해도 좋아. 누구나 저마다 몸에 맞는 옷과 안 맞는 옷이 있는 법이니까. 난 소설 기법 연구가 좋거든."

"대충 알아들었어. 다이조가 우리의 재능을 최대한으로 끌어내 준다는 말이지?"

"바로 그거야. 끌어낼 재능이 있다면 말이지만."

"쳇!"

가에데가 혀를 찼다. 다이조가 히죽히죽 웃는다.

"릴레이 형식에서는 원래 그런 효과를 기대할 수 있어. 셋이서 쓰다 보면 잠들어 있던 재능이 깨어날지도 모르지."

바람에 커튼이 부풀어 올랐다. 살며시 의욕도 솟아올랐다. 캐치볼을 해서 몸이 풀렸기 때문인지도 모른다. 교단 위의 다이조를 바라보는 가에데와 하루노의 눈빛이 부드럽다. 확실히 다이조는 말주변이 좋다.

"작년 문화제는 형편없었어. 이틀 동안 방문객이 서른 명도 안 됐으니까. 올해는 재미있게 좀 해보자. 게다가 문화제는 끝나도 이 프로젝트는 안 끝나. 그 점이 끌리지 않아? 축제가 끝난 다음에 찾아오는 허전함을 느낄 겨를이 없다고. 써 내려간 작품을 반짝반짝 갈고 닦아서 신인상에 응모해야 하니까. 상이라도 받으면 난리 나는 거지."

상금은 100만 엔! 사등분 하면(물론 스카린은 한 푼도 없다.)

25만 엔! 그렇게만 된다면 제일 먼저 패밀리 레스토랑에 가서 뷔페를 먹어야지.

난리 날 일이긴 한데…….

"근데 다이조, 어떤 소설을 쓰는 거야?"

내 궁금증을 하루노가 대신 물어봐 주었다.

"그걸 내일까지 생각해 오면 돼."

다이조가 필요 이상으로 기쁜 표정으로 말했다. 바람에 흔들리는 앞머리가 시원스럽다.

다이조가 형편없었다고 말한 작년 문화제 출품작은 '전교생이 선택한 명작 10선'이었다.

전교생이 좋아하는 소설을 설문 조사해서 집계하고, 그 작품의 줄거리와 해석을 정리해서 교실 벽에 붙였다. 나도 살짝 얼굴을 내밀어 보긴 했지만, 단순히 명작 줄거리를 나열한 수준에 불과했다.

참고로 1위는 『마음』*이었고, 2위는 『은수저』**, 3위는 『도

---

*일본 근대 문학의 아버지이자 일본의 셰익스피어라 불리는 나쓰메 소세키가 쓴 소설. 존재에 대한 죄의식으로 고통 받는 인간의 모습을 적나라하게 그려낸 작품으로, 작가의 이미지와 사상적 면모가 가장 잘 드러난 작품이라고 평가받고 있다.

**나카 칸스케의 작품. 1913년 나쓰메 소세키의 추천으로 〈아사히신문〉에 연재되면서 뜨거운 반응을 얻었으며, 현재까지 일본의 고전이자 불후의 명작으로 자리매김하고 있다.

련님』*이 차지했다. 죄다 어디선가 본 적이 있는 작품이었다. 독창성이라고는 눈곱만큼도 없어서 우리 학교만의 개성을 찾으려야 찾을 수 없었다. 그에 비해 다이조의 발상은 썩 괜찮은 편이었다. 모르긴 해도 아마 이런 일을 벌이는 문예부는 좀처럼 없을 것이다.

그건 그렇고 정말로 300장을 쓸 수 있을까?

다이조의 이야기를 듣고 하루 동안 생각하면서 어떤 내용으로 릴레이 소설을 쓸지 계획을 세워야 한다. 꽤 힘든 일이었다. 소설을 쓰는(쓰기로 결정한) 건 처음 겪는 일이다. 게다가 나는 소설을 거의 읽어 본 적이 없다. 문예부 독서량 꼴찌가 나라는 건 두말하면 잔소리다. 그러므로 내게 소설 구성 짜기는 만만한 일이 아니었다. 그런 마음을 눈치챘는지 다이조가 힌트를 줬다.

"경험을 바탕으로 쓸 생각이면, 마음이 가장 크게 흔들렸던 일을 떠올려 봐. 경험을 살릴 게 아니면, 네가 읽고 싶은 이야기를 크게 전개해 나가면 돼."

동급생이라고는 생각할 수 없는 조언이었다. 읽어 보고 싶은 소설이 있을 리가 없으니까 경험을 살려야 한다. 그걸 공책에 항목별로 정리해서 방과 후에 만나기로 했다. 간단히 메모만 했을 뿐인데도 문장에 신경 쓰느라 꽤 시간이 걸렸다.

나 같은 인간이 과연 소설을 쓸 수 있을까?

두꺼운 구름 아래에서 캐치볼을 하고 우리는 교실로 들어

갔다. 오늘은 폭투 세 번. (가에데, 미안!)

다이조의 눈앞에 종이 세 장이 놓여 있다.

"상당한데? 가에데 것부터 볼까. 시작하자마자 감점이네. 제목이 없잖아."

"흥!" 하며 가에데가 얼굴을 돌렸다.

"지금 정하자. 제목은 작품의 얼굴이니까. 특출하게 잘생긴 얼굴로 할지, 일부러 평범하게 할지, 아니면 좀 못나게 할지. 그걸 정하는 건 작가의 권리야."

"알았으니까 그만해. 그러면 〈또 하나의 명작〉으로 할게."

"좋았어!"

다이조가 솔직하게 소리 질렀다. 다이조의 달뜬 표정은 나쁘지 않았다.

  * 명작(나쓰메 소세키의 『마음』이나 『도련님』, 가와바타 야스나리**의 『설국』*** 등)을 읽다 보면, 가끔 주인공의 행동에 의문이 생길 때가 있다. '만약에 주인공이 이 길이 아니라 다른 길을 선택했

---

*나쓰메 소세키의 초기 작품으로, 한 시골 중학교에 부임한 새내기 교사의 좌충우돌 성장기를 담은 소설이다.
**일본을 대표하는 작가 중 한 사람으로 노벨 문학상을 받았다. 대표작으로 『설국』, 『이즈의 무희』, 『고도』 등이 있다.
***일본 서정문학을 대표하는 소설이자 작가 자신이 가장 마음에 드는 작품으로 꼽았던 작품이기도 하다. 눈이 많이 내리는 지역의 서정적 아름다움을 감각적인 문체로 잘 표현했으며, 인물과 배경 묘사가 뛰어나다.

다면'이라고 생각하면서 읽으면 재미있다. 그렇다면 소설의 결말도 달라진다. 명작을 몇 편(세 편 정도?) 골라 핵심 사건에 주목하면서 주인공에게 다른 길을 걷게 한다. 그리고 그 다음 이야기를 창작한다.

"이거 가에데가 혼자 생각해 냈어?"
"왜? 불만 있어?"
"굿 아이디어! 누구에게나 여러 가지 선택지가 있고 무수한 선택 끝에 지금이 있는 거니까. 우리도 그렇고. 소설 속 주인공도 마찬가지야. 잘 생각해 냈어."

동감이다. 다이조처럼 세세하게 분석할 능력은 없지만 좋은 아이디어라는 건 금방 알아차렸다. 가에데가 오른쪽 입술 끝을 올리면서 미소를 지었다.

"그렇게 대단한 건 아니야.『도련님』에서 주인공이 마돈나랑 한마디도 안 하는 게 이상하잖아. 여주인공인데 말이야. 도련님은 마돈나에 대해 험담만 늘어놓지만, 분명히 마돈나를 좋아했어. 그렇다면 적극적으로 밀어붙이라는 생각이 들더라고. 온천으로 데이트하러 가서 말이야. 목욕을 끝낸 다음에는 같이 튀김을 얹은 메밀국수라도 먹으면 되잖아. 새우튀김이 두 개 들어 있으면 하나는 마돈나한테 주고."

"그렇게 하면 도련님의 캐릭터는 무너지겠지만 나름대로 재미있네."

"저기." 하며 내가 입을 열었다. 무심코 입 밖으로 소리가 새어 나오고 말았다.

"그 아이디어를 하룻밤 만에 정리했어?"

"아니. 쭉 생각해 오던 것들을 후다닥 정리했어. 매듭을 지으려고 마음먹었더니 정리가 되더라고."

다이조가 엄지와 중지를 부딪쳐서 '딱' 소리를 냈다.

"그래. 그거야."

"왜 혼자 흥분하고 난리야? 혼자만 열 올리지 말고 간단히 말해 봐."

"하려고 마음먹으니까 가에데의 잠재의식이 움직인 거야. 소설은 그런 면이 있어. 쓰기로 각오를 하고 책상 앞에 앉으면 틀림없이 쓸 수 있어."

가에데와 하루노와 나는 어처구니없는 표정으로 다이조의 열변을 듣고 있었다.

다이조는 상당히 건방진 고 2다. 작가도 아닌 주제에 잘도 그렇게 떠들어 댄다. 이런 경험이 비일비재한 터라 그럴 때마다 나는 '사실 다이조는 우리랑 띠동갑이 아닐까.' 하고 생각한다.

"그런데 신인상에 응모하려면 창의성이 중요한데, 쉽게 말해서 이건 베낀 거라서. 어쨌든 그 얘기는 제쳐 두자. 지적만 하는 편집자야말로 엉터리 편집자라고 하니까. 좋아. 다음은 하루노."

다이조는 다음 종이로 눈을 돌렸다. 하루노의 아이디어다. 이번에는 제목도 제대로 적혀 있다.

〈다시 일어서는 소녀〉.

"이것도 굉장한 발상인데? 제목도 좋고. 다들 내 예상을 훨씬 뛰어넘었어."

다이조가 또 흥분된 표정을 짓는다. 그건 그렇고 '내 예상'이라니? 너를 위해서 아이디어를 짜낸 게 아니라고.

하루노의 아이디어도 스케일이 컸다.

✱윤리 시간에 듣고 관심을 가지게 된 엘리자베스 퀴블러 로스✱의 『인생 수업』을 읽었다. 중병으로 죽음을 앞둔 환자들은 공통적으로 어떤 심경의 변화를 겪는다고 한다. 예를 들어 암을 선고받았다고 치자.

① 부정 : 그럴 리가 없다며 자신에게 닥친 죽음을 부정한다.
② 분노 : '왜 하필이면 내가 죽어야만 하는가!'라며 비이성적으로 분노한다.
③ 협상 : 무슨 일이든 할 테니까 살려 달라고 신에게 애원한다.
④ 우울 : 망연자실하여 몹시 우울해한다.

✱인간의 죽음에 대한 연구에 평생을 바친 의사. 죽어가는 이들과의 수많은 대화를 통해 어떻게 죽느냐는 삶을 의미 있게 완성하는 중요한 과제라는 깨달음을 얻었다. 죽음을 앞두고 있는 환자 500명을 인터뷰하며 그들의 이야기를 담아 쓴 『인생 수업』은 전 세계에서 큰 주목을 끌었다.

⑤ 수용 : 죽음이 가까이 다가온 현실을 인정하고, 포기하고, 받아들인다.

이것은 죽음을 눈앞에 둔 극한 상황에서 인간이 경험하는 심경의 변화 단계이다. 나는 이 단계가 꼭 '죽음'을 직면했을 때만 경험하는 심리 상태는 아니라고 생각한다. 우리 같은 고등학생들에게 가까이 다가올 수도 있다. 예를 들면 '실연'. 사랑하는 사람에게서 갑자기 헤어지자는 말을 들었을 때도 이와 같은 심경의 변화를 겪지 않을까? 혹은 입시 불합격. 아니면 교우관계의 실패. 어떤 문제든지 진지하게 고민하는 당사자들에게는 아슬아슬한 극한 상황임에 분명하다.

퀴블러 로스가 말하는 '인생 수업'을 우리의 일상에도 적용할 수 있다는 생각이 들었다. 그렇다면 소설의 주제로 삼아도 되지 않을까? 가령 다시 일어서지 못할 정도로 혹독한 실연을 경험한 주인공에게 벌어지는 '일상의 죽음'을 상상해 보면 주인공은 ①~⑤의 단계를 겪을 것이다.

그리고 소설 버전에는 ⑥이 추가된다. '회복'이다. 그래서 〈다시 일어서는 소녀〉라는 제목을 붙였다.

"좋았어!"

다이조가 소리쳤다. 하루노의 단정한 얼굴에 자신감이 더해졌다.

"퀴블러 로스의 글을 일상으로 끌어들이는 발상이 좋아. 이렇게까지 발상을 전개하다니 대단해."

"우리에게 '죽음'은 멀리 있잖아? 더 친근한 소재로 바꿀 수 있지 않을까 생각했어. 바꾼 소재를 퀴블러 로스의 분석 방법을 이용해서 생각해 보면 좋을 것 같아서."

"하루노, 대단해. 동기가 마음에 들어. 보통은 '이런 내용을 쓰고 싶어, 이런 걸 말하고 싶어.'로 시작하지만, '잘은 모르지만 소중하다고 여기는 것을 집필을 통해 생각해 보고 싶어.'라는 것도 좋아. 진지한 집필 태도에서 기발한 생각이 떠오르거든."

하루노가 가만히 다이조를 응시한다. 키가 커서 아래로 내려다보는 느낌이 든다. 가에데도 잠자코 다이조를 쳐다보고 있다. '어쩌면 그렇게 거들먹거리면서 입을 놀리는 거야? 그래도 칭찬 받았으니까 봐준다.'라는 게 두 사람의 심정일까? 나도 비슷한 느낌이지만, 내가 어떤 표정을 짓고 있는지 나로서는 알 수가 없다.

"진짜 좋은 주제야. 용어가 좀 어려워서 친근감은 떨어지지만."

나도 그렇게 생각했다. 하루노답게 진지한 주제를 선택했다. 그렇지만 감동하고 난 다음 얼굴이 갑자기 후끈 달아올랐다. 내 아이디어는? 두 사람과는 달리 상당히 어설펐다.

"좋아. 마지막은 기미코. 〈슬픈 다이어트〉? 확 경쾌해졌네."

다이조가 진지한 눈빛으로 종이를 읽어 내려갔다. 30초 뒤,

다이조는 또다시 격양된 얼굴로 고개를 끄덕거렸다.

"이거 실제 경험이야?"

다이조의 질문에 나는 아무 말 없이 고개만 끄덕였다.

"기미코의 마음이 전해져. 딱 너답다고 할까? 이런 게 제일 쓰기 쉬울지도 몰라."

'진짜 그래!'라는 표정으로 나는 다이조를 쳐다보았다. 편집자는 치렛말을 잘하는 걸까.

＊준이 서른에 세상을 떠났다. 심근경색이었다. 내가 중 3 여름을 보내고 있을 때였다.

준은 내 고모다. 고모는 바늘구멍을 빠져나가기보다 어렵다는 아나운서 시험에 합격하고 라디오 방송국에 들어가서 스포츠 전문 리포터가 되었다. 햇볕에 얼굴이 많이 타서 비록 미인이라고 할 수는 없지만, 늘 웃는 얼굴에 다정한 사람이었다. 나는 고모를 아주 좋아했다.

처음부터 좋았던 건 아니다. 오히려 거북했다. 초등학교 4학년 때쯤 설날이라고 친척들이 모여 있는 데서 나는 고모에게 야단을 맞았다. 휴대전화 게임에 빠져서 친척 어른들의 질문에 건성으로 대답한 게 화근이었다. 그래서 고모에게 혼이 났다.

"기미코, 제대로 상대방의 눈을 보면서 대답해야지. 안 그러면 엄청난 실례야."라고. 그 다음부터 무서워서 별로 가까이 다가가지 않았다.

그로부터 1년이 지나 내가 초등학교 5학년이었을 때 고모를 따라 요코하마 F. 마리노스*가 연습하는 걸 구경하러 갔다. 그 일을 계기로 나는 축구를 시작했다. 고모는 시합보다 연습 구경이 좋다고 했다.

"진지한 자세로 임하지 않는 선수는 한 명도 없어. 시합에 이기기 위해서, 주전으로 뛰기 위해서, 축구의 신에게 사랑받기 위해서 죽을힘을 다해 공을 쫓아다녀. 연습하는 걸 보면 나도 열심히 해야겠다는 생각이 들면서 가슴이 뜨거워져. 기미코도 공부든 운동이든 끝까지 파고들면 좋은 일이 생길 거야. 결과가 아니라 끝까지 최선을 다하는 게 중요해."라고 고모는 말하곤 했다.

"축구 인구는 세계 최다야. 공을 차면서 전 세계와 이어지는 거지. 앞으로 기미코가 어느 나라에 가더라도 친구를 사귈 수 있어."

그때 고모의 웃는 얼굴을 똑똑히 기억한다. 그랬던 고모가 갑자기 사라졌다. 장례식에도 갔다 왔지만, 믿기지 않았다. 브라질이나 아르헨티나, 어딘가 먼 나라로 취재하러 가서 언젠가는 꼭 돌아오는 거라고, 생각하려 했다.

심근경색은 다이어트가 원인이었다. 고모는 철저하게 기름기를 제거했다. 만날 때마다 여위어 갔다. "살 빠졌네."라고 하면 만족스럽게 웃었다. 하지만 얼굴은 지쳐 보였다.

"주먹밥에는 기름이 안 들어 있다고 생각하지? 천만에. 편의점에서 파는 주먹밥은 밥알을 잘 뭉치기 위해 제조 과정에서 기름을 쓰기도 하거든."이라고 말했다.

고모는 튀김이나 볶음을 안 먹는 건 물론이고 식품 자체에 포함된 기름에도 신경을 곤두세웠다. 그래서인지는 모르겠지만, 아무튼 심근경색으로 죽고 말았다.

방심**이라는 말을 볼 때마다 고모가 떠오른다. 최선을 다해 운동을 하고 공부를 하는 건 좋다. 그러나 최선을 다해 다이어트를 하면 목숨을 잃는다. 적당히 해도 괜찮다. 고모가 살아 있었더라면 이런 이야기도 할 수 있었을 텐데.

내가 할 수 있는 게 하나도 없었다는 사실이 분했다. 나는 고모에 관해서 써 보고 싶다.

"잘했어."

다이조가 박수를 쳤다. 캐치볼 할 때 글러브에서 나는 소리처럼 들렸다.

"다들 내가 예상한 것보다 아이디어가 좋은데? 분명히 성공할 거야."

"그래서? 앞으로 어떻게 하면 돼?"

"먼저 한 가지를 선택해서 줄거리를 대충 정하고, 그 다음에는 바로 집필에 들어가야지! 말 나온 김에 당장 의견을 내보자. 이번에는 거꾸로 기미코부터 이야기해 봐."

---

*일본 가나가와 현 요코하마 시에 연고지를 둔 축구 구단
**일본어로 '방심'은 '기름 유(油)' 자와 '끊을 단(斷)' 자를 써서 표기한다.

나는 눈을 감고 숨을 멈추었다. 서서히 눈을 뜨자 가에데와 하루노가 부드러운 눈길로 나를 바라보고 있었다.

"릴레이 형식에 내 이야기는 안 어울려. 개인적인 일이니까. 〈또 하나의 명작〉이 고등학교 문예부다워서 좋을 것 같아. 좀 전에 다이조가 응모에는 맞지 않다고 말하긴 했지만."

"하나하나 느낀 점을 말해 보자. 〈다시 일어서는 소녀〉는 어때?"

"그것도 흥미진진해. 심경의 변화를 써 내려가는 점이 매력적이야."

하루노도 나와 마찬가지로 〈또 하나의 명작〉과 〈다시 일어서는 소녀〉를 선택했다. 가에데는 〈다시 일어서는 소녀〉를 강력하게 추천했다.

"그럼 내 생각을 말해 볼게. 셋 다 좋긴 한데, 요점은 프로젝트에 어울리는지 아닌지가 문제야. 기미코 말대로 〈슬픈 다이어트〉는 릴레이 형식에는 안 맞아. 고모를 향한 간절한 마음을 쓰는 거니까 릴레이로 쓴다 해도 이야기가 확장될 느낌이 안 들어."

나는 순순히 인정했다.

"우리에게는 〈또 하나의 명작〉이 안성맞춤이긴 해. 진짜 문예부답잖아. 하지만 이건 아무리 생각해도 신인상 응모작은 못 돼. 베껴서 재탕한 거에 불과하니까."

"비행기 태우다가 확 떨어뜨리는구나. 성미 한번 고약하다니까."

내 말에 다이조가 살짝 웃었다.

"그러니까 〈다시 일어서는 소녀〉로 가는 게 좋을 것 같아. 스케일이 크니까 스토리가 확장될 가능성도 크고. 우리의 사소한 일상에는 늘 죽음의 그림자가 드리워져 있다는 발상이 맘에 들어."

질문을 하기 위해 가에데가 손을 들었다.

"하루노가 낸 아이디어에 이의를 제기할 생각은 없어. 그렇지만 좀 어렵지 않아?"

"우리 곁에 숨어 있는 죽음 말이야?"

"아니. 부정이라든가 우울이라든가 하는 용어 말이야. 주제가 진지한 성격을 띠는 건 괜찮은데, 말이 어려우면 풀어 가기 힘들잖아. 자칫 잘못하면 수업처럼 되어 버릴 거야."

다이조가 이번에도 엄지와 중지로 '딱' 소리를 냈다.

"가에데, 나이스! 말 잘했어. 어려운 말은 쉬운 말로 고쳐야지. 그 용어들을 우리가 쓰는 말로 바꿔 보자."

하루노가 찬성했다. 물론 나도. 말을 바꾸는 작업은 생각보다 빨리 해결됐다.

① 부정 → 말도 안 돼!
② 분노 → 열 받아!
③ 협상 → 좀 기다려!

④ 우울 → 못 해 먹겠어.
⑤ 수용 → 어쩔 수 없지.

그리고 마지막에 '⑥ 재기 → 힘을 내자!'를 추가했다. 이렇게 하니까 목표가 보이기 시작했다. 이런 심경의 변화는 엄청나게 공감할 수 있다.

"흥미진진한데? 퀴블러 로스도 무덤에서 기뻐할 거야."

"맘대로 바꿨다고 화내는 게 아닐까? 이거야말로 '말도 안 돼!', '열 받아!', '못 해 먹겠네.'잖아."

가에데의 말에 다 같이 웃었다.

"분명 어쩔 수 없다면서 용서해 줄 거야. 자기 글이 시대를 뛰어넘어 멀리 외국의 고등학교에서도 사용되고 있으니까."

윤곽이 잡혔다. 이렇게 하나둘 결정되어 가는구나.

창밖은 여전히 환하다. 대형 화물선이 바다 위를 둥둥 떠다니고 있다.

3. 기미코와 부원들

 여름방학이 일주일 앞으로 다가왔다. 요코스카의 여름은 덥다. 그래도 나는 여름이 좋다. 언제나 바닷바람이 불기 때문이다.
 얼굴, 뒷목, 팔뚝이 금방 찝찝해져서 수시로 세수를 해야 하지만 수건으로 물기를 닦아 낼 때의 그 느낌이 좋다. 아줌마들은 화장이 지워지니까 그러지도 못한다며 온종일 실내에서 에어컨 바람을 쐬고 있다. 화장을 안 하면 간단히 해결되는데 말이다.
 어쩌면 나는 더운 여름이 아니라 세수하는 걸 좋아하는지도 모른다. 그래서 여름 바람이 잘 들어오도록 방문을 활짝 열어 둔다.
 집필 목표량은 7월 안에 두 바퀴를 도는 것이다. '하루노 → 가에데 → 나', 차례대로 한 사람이 열 장씩 쓴다. 한 사람에게 주어지는 시간은 이틀씩이다. 한 바퀴 돌면 30장, 두 바퀴 돌면 60장이 완성될 예정이다.

혼자서 60장을 써야 한다면 기절하겠지만, 릴레이 방식이라면 가능할 것 같은 기분이 들어서 신기했다.

회의를 하고 하룻밤이 지난 오늘은 토요일이다. 쉬는 날인데도 평소처럼 일곱 시에 눈을 뜬 이유는 무더위와 배고픔 때문이었다. 빨리 얼굴을 씻고 서둘러 밥을 먹고 싶어서.

하루노는 벌써 책상 앞에 앉아 있을까?

거실에서 방으로 돌아온 다음 책상에 찰싹 달라붙어 앉아 노트북을 열었다.

어쩌다 이런 일이 벌어졌을까. 토요일 오전에 책상을 마주하고 있다니.

초등학교 때부터 최근까지 토요일이면 운동장을 뛰어다녔다. 초등학교 5학년 때부터 지역 축구 교실에 다니면서 공을 차 왔다. 할머니에게서 "기미코는 엄마 배 속에 고추를 놔두고 나왔나 보네."라는 말을 들을 정도였다. 초등학교 4학년 때부터 중학교 3학년 때까지 6년 연속으로 체육부장을 맡았다. 운동회의 꽃이라 할 수 있는 반 대항 릴레이 달리기에서는 항상 에이스였으며 거의 매번 마지막 주자를 맡았다. 그랬던 내가 문예부 부원이 되다니.

문예부에 들어간 건 고등학교 2학년, 5월의 황금연휴가 끝나고 나서였다. 3개월 전만 해도 소설 집필 프로젝트 따위에는 손톱만큼도 관심이 없었다. 어쨌든 워드 프로그램을 열어서 키보드를 두드리기 시작했다.

　　우나바라 다이조
　　데라야마 가에데
　　오가와 하루노

 평소에는 성은 생략하고 이름만 부르니까 성과 이름을 함께 쓰면 왠지 격식을 차린 느낌이 든다. 특히 다이조의 성이 우나바라라는 사실이 다소 신선하다. 이름은 촌스럽지만. 아마 본인도 성을 의식하는 일은 별로 없었을 것 같다. 초등학교 때부터 쭉 이름으로 불렸다고 하니까.
 네 번째로 내 이름도 썼다.

　　나루이 기미코

 요즘은 '코'가 붙은 이름이 드물지만, 나는 기미코의 '기미'가 주는 음감이 좋다.
 내가 다녔던 유치원에서는 가을이 되면 황금색 가운을 입혀 주었다. 그 당시 선생님이 "달걀노른자* 색깔 같네. 그래서 그런지 기미코가 제일 잘 어울려."라고 했던 말이 마음에 들

---

*일본어에서는 달걀노른자를 '기미'라고 발음한다.

어서 노란색이나 황금색이 나의 행운의 색이라 생각하게 되었다. 부드럽고 따스한 빛이 좋다. 초등학교 5학년 때 우리 집 자가용을 독일산 소형차로 바꿨는데, 마음에 드는 색으로 고르라고 해서 연한 노란색을 골랐다. 우리 가족은 셋이라서 크기는 작아도 상관없었다. 하지만 요코스카는 험한 언덕투성이라서 힘 좋은 독일 차는 탁월한 선택이었다.

나는 그 차에 '기미'라는 이름을 붙였다. 쇼핑이나 드라이브 갈 때 조수석에 앉아서 바람을 쐬는 시간이 행복하다. 내년에는 가능한 한 빨리 운전면허를 따고 싶다. 기미의 운전석에서 바람을 느끼고 싶다.

원고가 나한테 오려면 아직 시간이 있다. 어떤 소설이 찾아올지 두근거렸다. 컴퓨터에서 눈을 돌려 책상 앞의 벽을 쳐다보았다. 커다란 코르크 보드에 메모나 영수증 따위가 압정으로 고정되어 있다.

얼마 전까지 여기에는 축구 관련 용품이 잔뜩 있었는데, 전부 정리해 버렸다. 딱 하나 '기미코, 열심히 해!'라고 적힌 카드만 남긴 채. 그건 고모가 국가 대표 선수의 사인을 받아 준 것이다. 비닐봉지에 넣어서 보관했다가 지금은 코르크 보드에 꽂아 놓았다.

지금부터 문예부 부원을 소개하려고 한다.

3인조 밴드에서는 한 명이 탈퇴하고 두 사람만 남는 일이

흔하다고 한다. 그런데 3이라는 숫자는 안정감을 주는 모양이다. 수업 시간에 선생님이 "3대나 3기 등, 3은 어딘가 안정적이지. 카메라가 삼각대 위에서 완벽하게 고정되는 것처럼 말이다."라고 말했다.

하지만 우리는 넷이서 잘해 나가고 있다. 여자 셋이었다면 3인조 밴드 같은 일이 벌어졌을지도 모르지만, 다이조 덕분에 여자 셋의 결속력은 강력하다. 불만이나 짜증은 백 퍼센트 다이조에게 향하기 때문이다. 배려는 없다. 다들 캐치볼을 할 때처럼 있는 힘껏 다이조에게 퍼부어 댄다. 다이조가 기가 죽는 일은 절대로 없으니까.

문예부 세 사람의 얼굴이 떠오른다. 모처럼 컴퓨터를 켰으니까 세 사람에 대해서 적어 보기로 마음먹었다. 내 얘기도 나오겠지만, 조금 멋을 내서 '나'가 아니라 '기미코'라고 적어 보겠다.

1번 타자는 역시 다이조.

다이조

다이조는 기미코 바로 왼쪽 옆자리에 앉는다. 이 위치 관계가 기미코의 운명을 결정해 버렸다.

교실 창문으로는 보소 반도가 보인다. 기미코는 창밖으로 펼쳐진 풍경이 마음에 들어서 수업 시간에도 종종 왼쪽으로 시선을 돌렸다. 그러면 창가에 앉은 다이조가 눈에 들어

온다.

유도부원에나 어울릴 법한 걸걸한 이름과는 상반되게 꽤 잘생긴 얼굴이다. 살짝 마른 체형에 키가 크고, 옆으로 길게 찢어진 눈이 시원스럽다.

입학하고 얼마 지나지 않았을 때 여자들끼리 '1학년 미남 베스트 10'을 뽑은 적이 있다. 다이조가 3위였다. 부드러운 머리카락은 한쪽 눈이 가려질 정도로 길다. 요코스카의 바닷바람과 잘 어울린다는 게 첫인상이었다. 축구부나 농구부 등 운동부 남학생이 상위권을 차지하는 가운데서도 다이조는 그들에게 지지 않을 정도로 훤칠했다.

그런데 반년쯤 지나자 다이조는 순위권 밖으로 밀려났다. 어딘가 특이한 구석이 있는데다 성격도 전혀 시원시원하지 않았다. 말투가 아저씨 같을 뿐만 아니라 거만하기까지 하고. 한 번 입을 열면 다물 줄을 모른다. 기본적으로 분위기 파악이 안 되는 녀석이다.

여자는 자기 이야기를 들어 주기를 바라는 성향이 있어서 다이조와 이야기를 하면 엄청 스트레스가 쌓인다. 이야기를 잘하는 사람과 이야기를 잘 들어 주는 사람이 있는데, 다이조는 어느 쪽에도 해당하지 않는다. 여자가 이야기를 시작하면 다이조는 "간단명료하게 설명해."라고 요구한다. 적반하장도 유분수지.

이렇다 보니 "다이조 정말 재수 없어!"라는 평가가 굳어지면서 인기인 그룹에서 제외되었다.

허우대가 멀쩡한 만큼 속이 쓰릴 만도 한데 정작 본인은 전혀 신경 쓰지 않는다. 다이조는 얼굴만 믿고 으스대지 않는다. 마치 초등학교 저학년 남자아이처럼 자기가 잘생긴 걸 알아채지 못하는 타입이다. 그런 다이조가 넌더리나는 건 자기 이야기가 재미있는 줄 착각하기 때문이다. 장점(번듯한 외모)을 선전하지 않고 단점(재미없는 이야기)을 팔려고 한다. 사람이 자기 자신을 바로 알기는 어려운 법이다.

기미코가 여자 축구부를 그만둔 건 다이조 때문이다. 정확하게 말하자면 그만둔 게 아니라 쉬는 거지만.

딱히 다이조가 영향력을 지닌 사람이라는 말은 아니다. 제대로 책을 읽어 본 적도 없는 기미코가 어째서 문예부에 들어갔는가. 다이조의 입버릇처럼 '간단명료하게 설명'하면 이런 내용이다.

여자 축구부의 에이스 공격수(자칭)였던 기미코는 2학년이 되고 난 직후의 연습 시합에서 선발에서 제외되었다. 그래도 후반 교체 출전을 기다렸지만 질 것 같은 상황에서도 뛸 기회를 얻지 못했다.

그래서 시합이 끝난 다음 미팅 시간에 안자이 감독을 노려봤지만, '눈빛이 왜 그래?'라며 똑같이 노려보는 감독의 눈빛에 '아무것도 아니에요.' 하며 꼬리를 내리고 말았다. 사실은 "왜 저를 안 내보내신 거예요?"라고 항의하고 싶었다. 감독과는 마음이 잘 맞지 않았다. 안자이 감독은 서른이 조금 넘은 수학 교사로, 기생오라비 같이 생겼고, 야무지지 못한 태도가 마음에 안 들었지만, 무엇보다 기분 나쁜 건 부원을 이름으로 부르는 점이었다.* 당신한테 '기미코'라고 불리고 싶진 않다고.

그래서 순간적으로 욱하는 마음에 '이 따위 팀, 때려치우면 그만이지.' 하는 생각이 들었다. 부원들과 사이가 그다지 좋은 것도 아니고. 어쨌거나 다음 날은 대충 핑계를 대고 연습을 쉬기로 마음먹었다. 실제로 허리가 아파서 접골원에 일주일에 한 번씩 다니고 있던 터라 그렇게 핑계를 댈 작정이었다.

다음 날 점심시간, 다이조가 "연습하러 안 가?" 하며 말을 걸어 왔다.

"늘 가지고 다니던 커다란 가방도 안 보이고. 맨발로 발목을 돌리는 스트레칭도 안 하네?"

다이조는 짜증은 나지만 날카롭다. 기미코는 창문을 향하고 있던 시선을 거두고, 다이조의 얼굴을 쳐다보면서 고개를 끄덕였다. 관찰력에 경의를 표하며 이유를 말했더니 다이조는 어이없다는 듯이 입술을 삐죽거렸다.

"축구 관련 서적 많이 나와 있지? 감독에 관한 것도. 그런

---

*일본에서는 친한 사이에서는 서로 이름을 부르고, 그렇지 않은 경우에는 성을 부른다.

책 몇 권이나 읽었어?"

기미코도 입술을 비틀면서 고개를 옆으로 흔들었다.

"한 권도?"

"그게 뭐 잘못됐어? 그럴 시간 없거든."

"쉴 때 책은 읽을 수 있잖아? 저절로 축구 관련서에 손이 갈 텐데?"

기미코는 입을 다물었다. 그 말이 틀린 건 아니지만, 연습으로 지친 상태로 집에 돌아가 목욕을 하고 밥을 먹고 가만히 있다 보면 어느새 의식이 몽롱해진다.

"비판하고 싶으면 최소한의 이론은 갖춰야지. 적어도 감독이 쓴 책 두세 권은 읽어 보고 말해. 팀을 만드는 방법이나 선수 기용, 학설에, 철학에, 여러 가지가 있잖아. 그런 걸 안 다음에 안자이 감독의 방식에 불평해도 늦지 않아. 안 그러면 그냥 욕만 받고 끝나는 거지."

못마땅하긴 했지만 다이조가 내뱉은 말은 기미코의 가슴에 남았다. 보기보다 고분고분한 기미코는 접골원에 가는 걸 포기하고 시립도서관에 들렀다. 축구 감독에 관한 책이 눈이 휘둥그레질 만큼 많았다. 도서관 컴퓨터로 검색해 봤더니 무려 스물일곱 권이나 있었다! 무의미하게 내용이 같은 책을 출판하지는 않을 테니 감독의 사고방식은 각양각색이며, 최소한 스물일곱 가지는 있다는 말이다. 우선 세 권을 빌려서 읽기 시작했다.

전부 다 읽고 다이조에게 자랑하고 싶었지만, 하룻밤에 한 권 읽기도 벅찼다. 그래도 재미있었다.

다음 날 점심시간에 2학년 C반 교실을 뛰쳐나가 교정 구석 벤치에서 두 번째 책을 읽어 내려갔다. 그때 "기미코가 책을 읽다니 해가 서쪽에서 뜨겠네."라는 가에데의 목소리가 들려왔다.

가에데는 1학년 때 같은 반에서 만났고, 지금도 제일 친한 친구다. 가에데는 축구부 남자들보다 말투가 거칠다.

기미코가 책을 읽는 이유를 간단히 설명했더니 가에데는 "다이조답네."라며 감탄한 듯이 웃었다.

"그래서? 이론을 장착한 다음에 안자이를 한 방 먹이겠다고?"

"그런 건 아닌데. 다이조 말도 일리가 있는 것 같아서."

"안자이 감독이랑 부딪친 걸 기회로 기미코가 책을 읽게 되고, 그게 뼈가 되고 살이 되면 좋은 일이잖아."

빌린 책을 완독하는 동안 축구팀 연습에 복귀할 타이밍을 놓쳐 버렸다. 다이조에게 자랑하고 싶은 마음도 있어서 다시 세 권을 추가로 빌려서 읽는 사이 어째서인지 안자이 감독에 대한 생각도 바뀌고 화도 풀렸다. 책을 읽는 사이 마음의 가시가 빠져나가는 느낌이랄까.

한편 일주일이나 연습을 쉰 탓에 운동장에 기미코가 설 자리가 사라지고 말았다.

세 권 더하기 세 권, 전부 여섯 권. 일주일 전과는 전혀 다르다. 처음 책을 펼쳤을 때는 진도가 나가지 않아 힘들었지만 이제는 쉽게 읽을 수 있다. 눈이 적응을 한 건지 책장을 넘기는 오른손 모양이 몸에 익은 건지, 아니면 '독서용 뇌'가 회전하기 시작했는지도 모른다.

폭우가 쏟아지던 점심시간, 교실 창문을 두드리는 빗소리를 배경음악 삼아 감독에 관한 일곱 번째 책을 읽고 있는데 다이조가 앞머리를 쓸어 올리면서 말을 붙여 왔다.

"축구부 그만뒀어?"

기미코는 책에서 눈을 떼고 고개를 좌우로 흔들었다.

"축구부 분위기가 사라졌는걸?"

"너한테 그런 말 듣고 싶지 않아."

말은 그렇게 하면서도 기미코는 다이조의 눈을 바라보았다. 날카로운 관찰력은 인정하기 때문이다.

"마라톤 선수에 관한 소설에 이런 말이 나와. '강도 높은 연습에 지쳐 쓰러질 때는 행복하다. 선수의 최대 위기는 부상이나 정신적 슬럼프로 연습을 할 수 없을 때다.'라고. 생각이 점점 더 부정적으로 흘러간대."

"지금 나한테 하는 말이야?"

"끝까지 들어 봐. 그 책에서 한 말인데, 나 같은 아마추어는 다리를 다치면 상반신을 단련하거나 수영을 하는 것처럼 할 수 있는 게 얼마든지 있다고 생각하는데, 마라톤 선수는 달리면서 기록을 재는 게 전부라서 다른 연습은 있을 수 없다고 하더라고."

"마라톤 선수가 달릴 수 없다면 얼마나 고통스럽겠어?"

"그럴 때 마음을 다스리는 방법이 책이야."

"독서?"

"그럴 때 선수의 문제는 몸이 아니라 마음이거든. 마음을 진정시키고 의욕을 북돋아 주는 방법은 독서밖에 없어. 실화도 괜찮지만 소설이 딱이지. 소설이란 사람의 좌절을 묘사한 거니까. 그런 소설을 읽다 보면 상처 입은 자기 자신을 상대화할 수 있어."

"상대화?"

"자기 자신을 객관적으로 바라보는 것. 자기를 상대화 한다는 말이야. 반대말은 절대화. 사람의 감정은 절대적으로 빠지기 쉬워. 슬픔이나 분노는 특히 더 그렇고. 왜 나만 이런 끔찍한 일을 겪어야 하는가 하면서 말이지. 부상으로 달릴 수 없게 된 선수는 자기 자신을 세상에서 제일 불행하다고 생각하기 마련이거든. 그런데 그렇지 않다고 가르쳐 주는 게 소설이야. 소설 세계에는 좌절이 잔뜩 등장하거든."

그럴듯했지만 반발심도 솟아났다. 제발 복잡한 논리 좀 늘어놓지 말란 말이야. 게다가 자기를 객관적으로 바라보지 못하는 건 다이조 본인이 제일 심각하면서.

다이조가 사용하는 어려운 말을 기미코는 나름대로 바꿔

보았다. '자기 상대화'란 '나는 어떤가?'라는 말일까.

"좀 더 쉬운 말로 설명해 주면 안 돼?"

"말 좀 끊지 말고 들어. 지금 넌 그나마 낫다는 말이야. 책을 읽고 있잖아."

그렇게 연결되는구나. 확실히 점점 잘 읽을 수 있게 됐다. 내 뇌가 독서용 뇌가 됐다는 말일까?

"감각이라고 생각해. 축구 감각만 있는 게 아니라. 잠들어 있던 감각이 꽃 피기 시작한 게 아닐까?"

"지금 비행기 태우는 거지? 원하는 게 뭐야?"

"물론 공짜는 아니지. 문예부에 들어오라고."

"앗!"

엉겁결에 소리를 지르고 말았다.

"뭘 그렇게 놀라? 운동부와 문화부 겸임하는 건 문제없잖아."

그런 거였구나. 다이조 말대로 우리 학교는 운동부와 문화부 겸임이 허용된다. 하지만 지금까지 그 권리를 사용하는 학생은 거의 없었다. 장기에 목숨을 건 야구부 선수나 영어를 유창하게 하는 테니스부 선수가 있다는 말은 들었지만, 어디까지나 운동부에 중심을 두고 문화부에는 다리만 걸치고 있을 뿐이다. 그리 놀랄 일은 아니지만, 기미코에게는 그럴 생각이 전혀 없었다.

"꽃을 피우고자 하는 감각을 살려야 해."라는 다이조의 결정타 한마디에 기미코는 떨떠름하게 고개를 끄덕였다.

문예부 사정은 가에데를 통해 들어서 잘 알고 있다. 분위기가 나쁜 것 같지는 않았다. 방과 후, 다이조에게 이끌려 교무실로 가서 스카린에게 인사를 했다. 물론 스카린은 환영해 주었다.

그때 기미코는 이상한 기분이 들었다.

원래 그날부터 운동장으로 돌아갈 생각이었다. 아픈 허리를 핑계로 팀 연습에는 참가하지 않더라도 천천히 운동장 트랙을 돌자. 당분간 그렇게 하려고 마음먹었다. 어쨌거나 운동장에 발을 들여놓기는 해야 할 것 같아서.

그런데 의욕이 전혀 생기지 않았다. 책이 점점 잘 읽히는 것과는 반비례하듯이 축구에 대한 열정은 사그라들었다.

싫증이 난 걸까? 그럴 리가 없다. 축구는 그렇게 깊이가 얕은 스포츠가 아니다. 아직 6년밖에 안 했다. 단지 기미코의 성격을 보면 뭔가 새로운 걸 시작하고 싶은 마음이 들 수는 있다. 그래도 가령 테니스 같은 다른 운동이라면 받아들일 수 있다. 그런데 그 대상이 문예부라는 걸 도통 이해할 수가 없다.

다이조의 말을 빌리자면 독서가 상처 입은 운동선수에게 동기 부여제 역할을 해서 복귀 후에는 더 열심히 하게 만든다고 한다. 기미코의 경우는 독서 때문에 축구에 대한 열망이 줄었지만.

단순한 게으름일까? 이럴 때 기미코가 상담하고 싶은 사람은 아빠나 엄마나 가에데가 아니다. 고모였다. 그런데 고모는 이제 없다. 그래서 오늘도 연습을 빼먹고 도서관에 들렀다가 곧장 집으로 돌아왔다.

기미코는 새벽에 꿈을 꾸었다. 고모가 나왔다. 고모는 기미코가 찬 축구공을 가슴에 안더니 마술처럼 사라지게 만들었다. 고모는 새하얀 치아를 드러내 보이면서 미소를 지었다.

"기미코, 축구는 당분간 쉬도록 해. 지금까지 지나치게 열심히 했어."

고모가 그런 말을 하다니. 기미코는 귀를 의심했다. 평소의 고모와는 정반대였기 때문이다. 원래대로라면 "뭐든지 죽을 힘을 다해야 해. 너답게. 최선을 다하다 보면 자기 능력의 한계를 깨닫게 되고, 한계에 이르렀을 때 자신의 강점과 약점도 알 수 있어."라고 했을 텐데. 표정과 태도는 부드러워도 말은 엄격하다. 그게 바로 고모였다. 그런데 꿈속에서 만난 고모는 무기력했고, 수척한 얼굴에는 웃을 힘도 없어 보였다.

"달리면서 공을 차고. 기미코는 지금까지 발만 써 왔잖아. 이번에는 손을 쓰는 거야. 책장을 넘기면서. 감상문 같은 걸 써 보는 것도 좋아."

그 말을 남기고 고모는 흔적도 없이 사라졌다. 그날 점심시간, 기미코는 안자이 감독을 찾아갔다. 문예부와 둘 다 하는 게 아니라 깔끔하게 그만두겠다고. 그렇게 딱 잘라 말했다가 감독에게서 뜻밖의 말을 들었다.

"좀 쉬도록 해. 부상으로 쉬는 사이 이미지 트레이닝 능력이 높아지는 예도 있어. 연습에서 멀어지면 연습이 하고 싶어져서 안달이 나는 법이거든. 만약에 그렇게 되지 않더라도 도중에 그만두는 건 멋없잖아. 내신도 생각해야지."

기미코는 보기와는 다르다는 생각이 들었다. 이미지 트레이닝이라는 말은 기미코도 알고 있다. 최근에 읽은 책에 비슷한 내용이 적혀 있었다.

안자이 감독이 베푼 뜻밖의 배려에 기미코는 마음이 가벼워졌다. 제안을 받아들이기로 했다.

기미코는 안자이 감독에게 인사를 하고 나왔다. 항상 말하던 "이만 가보겠습니다!"가 아니다. 마음속으로 "잘 지내세요."라고 중얼거렸다. 2학년 여름부터 동아리 활동을 쉬는 건 사실상 완전한 탈퇴를 뜻한다. 2학년 여름 연습이 제일 중요하니까.

문예부에서의 자리를 소중히 여기고 싶었다. 축구부에 되돌아가고 싶은 마음이 조금이라도 남아 있으면, 임시라는 생각에 오만한 태도를 보일 것 같았다.

그렇게 다이조 때문에 기미코는 문예부 부원이 되었다.

가에데

여자 부원 두 명에 대해서 쓰려고 한다. 가에데와 하루노는 인상이 좋다. 두 사람 다 미인형이라고 할 수는 없어도 표정에 애교가 넘친다. 먼저 가에데부터.

가에데는 1학년 때 기미코와 같은 반이었다. 출석번호가 앞뒤로 붙어 있었다. 학기 초반 기미코가 가에데의 등을 샤프로 콕콕 찌르면서 친해졌다. 짧은 머리카락 덕분에 운동부로 오해받지만, 처음부터 문예부원이었다. 키는 기미코보다 조금 작은 160센티미터 정도.

수다쟁이에다 말이 빠르다. 명랑하고 성미가 급하다. 그래서 방과 후에 조용히 책을 읽는 모습이 상상이 되지 않았다. 가에데의 덜렁대는 성격으로 말하자면 우리 학교에서 일등일 게 분명하다.

말귀를 못 알아들을 때가 많다. 1학년 때, 같은 반 친구가 "토요일에 마쿠하리에 게임 쇼 보러 안 갈래?"라고 묻자, "싫어, 검은 소를 왜 보러 가?"라고 대답해서 좌중을 웃게 하였다. 한번은 "가에데, 축하 파티하자!"라는 말을 듣고 2층에서 1층으로 내려왔지만 아무 일도 없어서 의아했다고 한다. 실은 "추가 주문하자!"라는 말을 잘못 들은 것이었다. 다이조가 설명한 '상대화'라는 말도 가에데 귀에는 '운동화'로 들릴 게 뻔하다.

가에데는 간논자키에 있는 집에서 통학하는데, 어느 날 아침 할머니가 버스 운전사에게 건네는 말을 듣고 기겁했다고 한다. "역에 도착하면 나를 죽여 주세요." 물론 "나를 내려 주세요."를 착각한 것이다. 목적지에서 내리는 할머니의 뒷모습과 운전사의 거동을 가에데는 눈도 한 번 깜빡이지 않고 지켜봤다고 한다.

하루에 한 번씩은 가에데의 사오정 소동이 벌어진다. 수업 시간에도 자주 있는 일이다. 영문법 문제 풀이에 지명당했을 때 "전에 한 번 했는데, 잊었어?"라는 선생님의 말에 "네? 이겼어요?"라고 대답해서 우리를 어이없게 만든다. 떠오르는 대로 바로 입 밖에 뱉어 버리는 게 재미있다. 2초만 생각하면 그 상황에서 그런 말을 내뱉는 게 이상하다는 걸 알 텐데. 그런 점이 귀엽다. 그런 가에데가 어쩌다 문예부 부부장이 됐냐 하면, 독서가이기 때문이다.

중학교 1학년 때, 유행하는 가방이 너무 갖고 싶어서 부모님을 졸랐다. 브랜드 제품이라서 가격이 비싼데다 당시 가지고 있는 가방도 쓸 만해서 가에데의 엄마는 거절했다. 그런데 아빠는 "얼마나 갖고 싶어? 가에데의 진심을 보여 줘 봐." 하면서 웃었다. 그러고는 "뭐든 상관없으니까 책을 열 권 읽고, 독서 노트를 만들어서 감상을 써 봐."라고 덧붙였다. 그 정도는 아무것도 아니라며 가에데는 책 열 권을 읽고 독서 노트를 만들어서 아빠에게 제출한 다음 그토록 갖고 싶었던 가방을 손에 넣었다. 하지만 그 다음에 이어진 가에데 아빠의 말이 기가 막혔다.

"독서는 그 자체로 대단한 거라서 원래는 이렇게 대가를 주면 안 되는 법인데. 그래도 이 가방은 제법 괜찮구나. 책이 많이 들어가겠어."

촐랑대지만 순수하고 감이 좋은 가에데는 도서관 단골이 되어 좋아하는 가방에 빌린 책을 잔뜩 넣고 부지런히 독서에 앞장서게 되었다는 말이다. 지금도 가에데가 즐겨 메는 그 주황색 가방에는 언제든지 책이 몇 권은 들어 있다.

참고로 가에데의 독서 노트는 이미 열 권이 넘는다고 한다. 한 페이지를 다섯 칸으로 나누고, 별 다섯 개를 만점으로 해서 작품 평가와 간단한 감상을 적는다. 대체 지금까지 얼마나 많은 책을 읽은 걸까.

승부욕이 강한 다이조는 독서량에서 가에데에게 라이벌 의식이 있는 듯하다. 그렇지만 기미코가 생각하기에 진정한 독서가는 다이조다. 가에데는 빠른 속도로 가볍게 읽어 나간다. 최근에 만든 독서 노트를 슬쩍 봤더니, 한 미스터리 작품 평가에 '잘 모르겠다.'라고 적혀 있었다. 다이조라면 노트 한 페이지 분량에 감상이나 의문점은 물론 불만이나 '결말은 이렇게 되어야 한다.'고까지 적었을 것이다. 다이조는 이따금 저자에게 편지를 보내기도 한다. 그러려고 같은 책을 몇 번씩 되풀이해서 읽기도 한다.

마지막으로 가에데의 단짝이자 같은 B반인 하루노다.

하루노

하루노와 기미코는 기미코가 문예부에 들어오고 나서 처음으로 말을 나눴다.

하루노는 키가 크고 눈빛이 날카로워서 약간 무서운 느낌을 준다. 처음 만난 날 하루노는 중간 길이의 머리카락을 쓸어넘기면서 기미코를 바라보았다. 평소의 날카로운 눈빛이 그때는 부드러웠다. 환영하는 눈빛이었다.

다이조와 하루노는 커플처럼 제법 잘 어울린다. 체격이나 머리 모양에서 풍기는 분위기가 닮았다. 물론 다이조가 입을 열지 않는다는 전제 조건에서.

하루노가 기미코에게 자기소개를 하기에 앞서 여느 때처럼 다이조가 먼저 떠들어 대기 시작했다.

"하루노는 문학적 재능을 타고났어. 문학적이라기보다는 오히려 동요적이랄까. 기미코, 알겠어?"

문학적이든 동요적이든 갑자기 그런 말을 듣고 이해할 리가 없다.

"힌트, 졸졸 흘러간다."

바로 눈치챘다. 〈봄의 시냇물〉*이라는 동요였다. '봄의 시냇물은 졸졸 흘러간다.'라는 노랫말과 오가와 하루노라는 이름을 겹친 것이다. 아재개그가 따로 없다. 그렇지만 하루노는 이 노래를 마치 자기 노래라고 여기면서 어린 시절을 보냈다고 한다.

"재미있는 건 말이야. 하루노는 졸졸 흘러갈 수가 없어. 묵직하거든."

"너한테 그런 말 듣고 싶지 않아."

하루노가 다이조를 향해 험악한 눈빛을 던졌다. 하루노는 묵직하다는 말에 열이 받았다.

하루노는 키가 170센티미터를 넘는데다(175센티미터까지는 안 되는 것 같다. 확실하게 말할 수 없는 이유는 하루노가 알리고 싶어 하지 않기 때문이다.) 몸무게도 아마 50킬로그램 초반일 것이다. 중학교에 다닐 때는 농구부 선수였다. 그런데 하루노는 큰 키가 못마땅한 모양이었다. 모델처럼 멋있는데 말이다.

하루노가 독서를 좋아하게 된 것도 장신 콤플렉스 때문이라고 한다.

"고작 중 2가 170을 넘었을 때는 진짜 큰일 났다 싶었어. 이대로 가다가는 180도 넘어서겠더라고. 그러면 나는 아베 히로시** 같은 남자밖에 못 만나잖아?"

하루노는 그렇게 말하면서 방긋 웃었다. 하루노가 웃는 방법이다. 소리 없이 표정만으로 웃는다. 큰 소리로 웃음을 터뜨리는 가에데와 좋은 대조를 이룬다.

"찾아봤더니 성장호르몬이 키를 크게 한다잖아? 그러면 가능한 그게 분비되지 않도록 해야겠다고 생각했어. 열심히 운

---

*일본 동요. 일본어로 '봄의 시냇물'은 '하루노 오가와'라고 발음한다.
**키 189센티미터로 알려져 있는 일본의 배우

동하고, 잘 먹고, 잘 자면 성장호르몬이 활성화되거든. 그 반대로 하기로 마음먹었어. 그런데 농구부도 하고 있고, 먹는 거라면 사족을 못 쓰니까, 잠을 줄이는 방법밖에 없더라고. 그래서 올빼미 생활을 시작했어. 밤 두 시까지 뜬눈으로 새우다 보니 자연스레 독서에 빠지게 됐어. 성장호르몬 저지를 위한 부산물이지."

기미코는 이 에피소드가 굉장히 마음에 들어서 엄마에게도 들려줬다.

작전이 제대로 먹혔는지 그 뒤로 하루노의 키는 거의 크지 않았다. 기미코는 극단적인 길을 선택하지 않은 점이 마음에 들었다. 농구부를 그만두면서까지 운동량을 줄이고, 먹는 양도 줄이고, 잠도 줄였더라면 아마도 지금의 하루노는 없을 것이다. 세 가지 중에서 하나만 개선한 점에서 하루노의 유연한 성격과 균형 감각이 잘 드러난다.

기미코가 문예부에 들어간 다음 가에데와 하루노에게 맨 처음 던진 질문이 "책을 좋아하게 된 계기는?"이었다. 두 사람 다 재미있는 에피소드를 들려주었다. 기미코는 솔직하게 굉장하다고 생각했다.

그러고 보니 이 질문을 다이조에게는 하지 않았다. 어차피 장황하게 이론을 늘어놓을 게 불 보듯 뻔하니까. 그야말로 책 한 권은 거뜬히 쓸 수 있는 이야기가 펼쳐질 것이다.

하루노에게서 가에데에게. 가에데에게서 기미코에게.

어떤 소설이 돌아올지 가슴이 두근거린다. 기미코는 열 장을 쓸 수 있을까 하는 불안보다 기대가 더 컸다.

4. 소설의 제목은
〈다시 일어서는 소녀〉

원고를 주고받을 때는 인터넷을 이용한다.

먼저 하루노가 열 장을 쓴다. 하루노는 다 쓴 원고를 가에데와 다이조에게 보낸다. 가에데가 원고를 읽고 구상을 펼친다. 물론 다이조도 원고를 읽긴 하지만 SOS 신호를 보낼 때까지는 아무 말도 하지 않는다. '다이조 찬스'는 꼭 필요할 때만 쓰기로 규칙을 정했다.

가에데는 열심히 열 장을 쓴 다음 그 원고를 다이조에게 보내고, 내게는 하루노가 쓴 원고를 합쳐서 스무 장을 보낸다. 그런 식으로 우선 두 바퀴를 돌아서 60장이 된 시점에서 원고를 인쇄해서 서로 이야기를 나누기로 했다.

여름방학이 시작되기 전날이었다. "기미코, 오래 기다렸지? 원고 보냈어."라는 가에데의 말을 듣고 정오가 지나자마자 교문을 뛰쳐나가 집으로 돌아왔다. 컴퓨터를 켜서 메일을 확인하니 원고가 와 있었다!

'릴레이 소설'이라는 첨부파일의 타이틀을 보자 가슴이 뜨거워졌다. 워드로 가로쓰기한 원고였다. 제목은 〈다시 일어서는 소녀〉. 오른쪽에는 '분문'이라고 작가 이름이 적혀 있었다. 왠지 외국의 동화작가 이름 같은 느낌이 들었다.

열 장을 쓴 다음 필자가 바뀌면 장을 바꾼다. 그래서 지금은 1장과 2장이 완성되어 있다. 나는 3이라고 썼다. 그렇다. 내가 맡은 부분은 3의 배수가 된다.

20장을 단숨에 읽었다. 다 읽고 나니 "우와!" 하는 탄성이 터져 나왔다. 1장과 2장의 문장이 굉장히 매끄러웠다. 평소의 두 사람이 쓴 글이라고는 생각되지 않았다. 허리가 쫙 펴졌다. 서점이나 도서관에 꽂혀 있는 일반 소설과 별반 다르지 않았다. 첫머리부터 완벽했다.

바닷바람이 야자수 잎을 흔들고 있다.
에루코는 바다 위로 펼쳐진 하늘을 올려다보았다. 하늘을 보면서 뭔가를 생각한다. 그런 순간은 꼭 여유가 있을 때 찾아온다. 에루코는 언젠가 할아버지가 들려준 이야기를 떠올렸다.
"죽을 둥 살 둥 쉬지 않고 일만 하다가 겨우 한숨 돌리면서 하늘을 쳐다봤더니 어느새 새로운 계절이 찾아와 있더구나."라고.

'졌다. 졌어.'
내가 아는 그 하루노가 이렇게 제대로 된 문장을 쓰다니.

'바닷바람이 야자수 잎을 흔들고 있다.'라고 시작하다니. 잘도 생각해 냈다. 나는 같은 내용을 쓰더라도 '야자수 잎이 바닷바람에 흔들리고 있다.'라고 썼을 것이다. 주어가 다르면 인상도 완전히 달라진다.

주인공은 에루코. 요코스카의 고등학교 2학년, 문예부원이다. 이런 설정은 우리를 본떠서 만들었겠지.

그랬다. '에루코'라는 이름도 세 사람의 이름에서 한 글자씩 따온 것이었다. '에'는 가에데, '루'는 하루노, '코'는 내 이름에서.

하루노가 맡은 1장은 풍경 묘사라고 할까. 바닷바람이나 언덕길 같은 것이 많이 나온다. 그렇지만 꽤 그럴싸하다. 간단명료한 문장이었다. 깔끔하면서도 느긋하게 시작하는 느낌이다. 마치 산들바람처럼.

에루코가 요코스카 거리를 걷는 장면에서 1장은 끝이 났다. 어쩐지 에루코는 고민하는 것처럼 보였다. 2장에서도 또 한 번 깜짝 놀랐다. 이번에도 서두가 굉장히 박력이 넘쳤다.

마음이 갈기갈기 찢어졌다.

한 가지라면 어떻게든 받아들일 수 있다. 그렇지만 세 가지가 동시에 일어나는 건 가혹하다. 사랑과 우정과 동아리. 세 가지가 한꺼번에 엉망진창이 돼 버렸다.

마음이 갈기갈기 찢어졌다니. 가에데답게 힘이 넘치는 문장이다. 가에데의 기운이 전해져 온다. 심경 변화의 첫 단계인 '말도 안 돼!'를 강렬하게 그려내고 있다.

이야기를 움직이려 한다. 그것도 아주 강렬하게! 경기가 시작되자마자 갑자기 힘껏 장거리슛을 차는 느낌이다.

에루코는 여자 축구부라는 설정이었다!

이건 내 얘기잖아.

가에데의 의도가 뻔히 보여서 무심코 피식 웃고 말았다.

마음이 산산조각 난 원인은 사랑과 우정과 동아리. 가에데가 쓴 열 장에서는 '사랑'만 언급되어 있다. 고 1 여름부터 사귀어 온 겐지의 마음이 식었다. "1년 지났으니까 이제 그만 헤어지자."라는 말을 듣고 말았다.

겐지에 대한 묘사가 이어졌다. 미남이지만, 머리 모양이나 키에 대해서는 나와 있지 않았다.

거기에서 나에게 원고가 넘어왔다. 그러니까 마음을 찢어지게 한 나머지 두 가지 원인을 이어서 써야 한다. 쓰기 쉽게 유도해 준 것이다.

여자 축구부라는 점도 가에데의 배려다. 제일 햇병아리인 내가 쓰기 편하도록. 방과 후의 캐치볼을 떠올려 보았다. 가에데는 받기 쉬운 공을 내 가슴으로 던져 준다.

해보자!

축구 시합을 시작하기 전처럼 얼굴을 두 손으로 가볍게 두드렸다. 시합을 앞두고는 다리를 몇 번 때리지만, 지금은 오른손으로 왼쪽 팔뚝을, 왼손으로 오른쪽 팔뚝을 두드렸다.
 저녁 식사 시간까지는 아직 네 시간이 남아 있다.
 내 방은 에어컨이 없어도 바람이 잘 통해서 그다지 덥지 않다. 창문을 활짝 열고 컴퓨터를 마주하고 앉았다.

 "기미코! 밥 먹자!"
 멀리서 엄마 목소리가 들려왔다. 나는 쭉 책상에 달라붙어 있었다. 지금 내 상태는 아마 사진 같을 것이다. 벌써 몇 시간이나 고정된 상태로……
 한 글자도 적을 수 없었다. 한 단락도, 한 문장도 아닌, 단 한 글자도.
 책상 위의 자명종을 쳐다봤더니 일곱 시였다. 얼굴을 두드리고 나서 네 시간이나 흘렀다. 졸고 있었던 건 아니다. 끊임없이 생각했다. 얼굴을 씻으러 가는 일도 없었다.
 '우정'과 '동아리'. 거기에 주인공의 마음을 무너지게 한 이유가 있다. 그 이유를 쓰는 게 내 역할이다. 그건 알고 있다. 그렇지만 아는 것과 쓰는 것은 전혀 다르다. 소설의 흐름은 정해져 있다.

 말도 안 돼! → 열 받아! → 좀 기다려! → 못 해 먹겠어. → 어쩔 수 없지. → 힘을 내자!

일단 '말도 안 돼!'를 쓰기만 하면 된다. 어려운 일은 아니다. 서두를 필요도 없다. 가에데가 던져 준 공을 받아서 같은 방법으로 하루노가 받기 쉽도록 던져 주면 된다.

우정이란 당연히 여자 친구와의 관계를 말한다. 마음이 찢어질 정도로 괴로운 일이라면, 친구가 배신한 걸까? 그렇다면 '말도 안 돼!'가 성립한다. 동아리는 여자 축구부니까 상상하기 쉽다. 내 경험 그대로 쓰면 너무 재미가 없으려나.

생각만 굴릴 뿐 전혀 손가락이 움직이지 않는다. 나는 속으로 절규했다.

그때 방문이 열렸다. 창문으로 들어오는 바람이 세졌다.

"기미코, 밥 먹어. 너무 뚫어져라 쳐다보면 눈 나빠져."

나는 지당한 말씀이라 여기며 컴퓨터를 껐다.

"숙제니? 집중력 한번 대단하구나."

돌아서서 엄마의 웃는 얼굴을 보는데 목에서 삐걱 소리가 났다.

"방금 튀겼으니까 빨리 먹자."

"튀기다니 뭘?"

"튀김. 아까 말했잖아."

엄마 말로는 30분쯤 전에 나를 부르러 왔었다고 한다. 문을 열고.

전혀 기억이 나지 않는다! 엄마 말대로 엄청난 집중력이다.

하지만 엄청난 집중력으로 한 글자도 쓰지 못했다. 이거야말로 말도 안 되는 일이다.

나는 도대체 뭘 한 걸까.

창밖으로 여름 하늘이 어두워지고 있었다. 나도 같이 어두워져 간다.

부상으로 퇴장했을 때와 같은 걸음걸이로 거실로 내려갔다. 아빠는 이미 식탁에서 맥주를 마시고 있었다.

"손 씻고 와. 씻는 김에 세수도 좀 하고."

나는 순순히 아빠의 말을 따랐다. 기운 없는 얼굴을 하고 있는 게 분명하다. 세면대 거울에 비친 내 얼굴은 한심할 정도로 멍해 보였다. 이건 시합에서 5대 0으로 완패했을 때보다 더 심하다.

식탁으로 돌아와 젓가락을 들었다. 식탁 한가운데에는 튀김이 산처럼 쌓인 큰 접시가 놓여 있고, 그 옆에는 메밀국수와 우동이 담긴 소쿠리도 있었다.

"문예부가 없는 고등학교도 많죠?"

엄마가 물었다. 아빠에게 한 질문이다.

"별로 들어본 적 없어." 하고 아빠는 대답한다.

아빠는 교육위원회에서 근무한다. 장학관이라는 직책으로, 초중학교 교장을 지도하는 일이라고 한다. 그 말은 곧 교장 선생님보다 높은 사람이라는 말인데, 패밀리 레스토랑 점장처럼 생글거리고 행동이 재빠르다. 일부러 그러는 게 아니라 늘 그런 느낌이다.

아침 인사와 "잘 다녀왔어?", "다녀왔다."를 제외하고는 말을 걸어오는 일도 없다. 고등학교에 들어가기 전에는 엄마와 비슷할 정도로 이래저래 참견이 심했다. 그런데 내가 고등학생이 된 다음에는 백팔십도 달라져서 노코멘트로 일관한다. 왜 그런지 엄마에게 물었더니 "네 얼굴에 짜증난다고 적혀 있어서 그런 거 아닐까?" 하며 웃기만 했다. 신경은 쓰이지만 개입하지는 않겠다는 태도다. 덕분에 고등학생이 되고 나서부터 아빠가 짜증난다고 생각한 적은 없다. 하지만 아빠가 하고 싶은 잔소리는 엄마를 경유해서 내 귀에 들어오고 있는지도 모른다.

"운동량도 줄었는데 계속 앉아만 있으면 몸에 안 좋아. 달리기라도 하지 그래?"

"괜찮아. 동아리 활동 시작하기 전에 가볍게 몸 풀고 있으니까."

"그러면 다행이고. 다이어트 같은 건 하면 안 돼."

엄마는 그렇게 말하고는 붕장어 튀김을 통째로 입으로 가져갔다.

"성장기에 다이어트 하면 큰일 나. 뼈, 뇌, 내장이 제대로 만들어지는 중요한 시기니까. 특히 여자한테는 나중에 건강한 아기를 낳을 준비를 하는 기간이기도 하거든."

나는 잠자코 고개만 끄덕였다. 엄마의 머릿속에는 고모가 있다.

"그건 걱정 안 해도 돼."

그러자 아빠가 말했다.

"글을 쓰려면 엄청난 에너지가 필요해. 뇌에서 땀을 흘리고 있으니까. 뇌의 칼로리 소비량은 실로 엄청나거든. 바둑이나 장기 기사를 봐도 마른 사람이 많잖아."

나는 고개를 끄덕였다. 그러고 보니 엄청난 에너지를 썼다.(고 생각한다.) 한 글자도 못 쓰긴 했지만. 나는 젓가락을 내려놓았다.

"처음에는 힘들어도 곧 적응할 거야. 반드시 술술 써질 때가 온다고."

식탁에서 일어서는 내게 아빠가 말했다.

아마 잔소리와는 반대 경로로 내가 헤매고 있는 사실이 아빠에게 전해진 게 분명하다. 나는 수긍하면서 자리에서 일어나 내가 쓴 그릇을 정리했다.

방으로 돌아가서 다시 의자에 앉았다. 하지만 컴퓨터를 켜지는 않았다. 맛있는 음식을 먹었으니 좋은 아이디어가 떠오를 거라 기대했지만, 아무래도 승리의 여신은 내 편이 아닌 듯했다.

오늘 밤을 어떻게 보낼지 결정해야 했다. 셋 중 하나다.

1. 목욕하고 이불 덮고 자기
2. 빨리 컴퓨터를 켜고 몇 시간 더 버텨 보기
3. '다이조 찬스!' 사용하기

1번 아니면 2번이다.

2번이 보통이다. 운동선수 출신다운 느낌이 든다. 고모도 분명히 2번을 권할 테지. 그렇지만 의욕이 솟아나지 않는다.

내일은 종일 시간이 있으니까 1번도 나쁘지 않다. 땡땡이친 것도 아니고, 네 시간이나 전전긍긍했는데. 내일은 내일의 태양이 뜰 테니 오늘은 그냥 잘까.

3번은 죽어도 싫다. 갑자기 다이조 찬스라니. 상담 이유도 너무 쪽팔린다.

"네 시간이나 끙끙댔지만 한 글자도 못 썼어. 어쩌면 좋아?"

여자들끼리 원고에 대해 이러쿵저러쿵하는 건 금지되어 있다. 서로 의논을 하면 릴레이의 의미가 없어지니까.

튀김이 배 속에서 기분 나쁘게 불고 있다. 이런 일은 한 번도 없었다. 밥 먹고 한 시간만 지나도 배에서 꼬르륵 소리가 나는 엄청난 소화력을 자랑하는 나였는데.

1번으로 정했다.

30분가량 침대에서 뒹굴면서 천장을 바라보다가 욕실로 갔다. 욕조 안에서 구상을 짤 생각이었다. 머리카락과 몸을 깨끗이 씻고 나자 마음이 조금은 가벼워졌다.

우정과 동아리, 두 가지를 다 쓰고 싶었지만 하나만 써도 상관없다. 하나만 쓰고 하루노에게 원고를 넘기면 하루노가 나머지 하나를 써 줄 것이다.

'동아리'를 골랐다.

내 얘기를 쓰면 된다. '연습 시합에서 제외되었다.' 그건 상당히 굴욕적이고 말도 안 되는 일이었다. 그날의 굴욕적인 경험을 쓰면 된다.

예를 들면 사정이 있어서 꼭 나가고 싶은 경기가 있었는데, 공교롭게도 그날만 출전 명단에서 제외됐다거나.

그렇다. 가에데가 설정한 사랑과 잘 버무리면 된다.

겐지가 응원하러 오기로 했는데 출전을 못 했다면?

아니면 겐지는 응원하러 오지 않았다. 게다가 시합에도 출전하지 못했다. 에너지를 발산할 대상이 사라졌다.

이게 좋겠다.

목욕하길 잘했다. 나는 힘차게 욕조에서 나왔다.

5. 아이 포인트와 분할

　방 창문을 활짝 열었더니 상쾌한 바닷바람이 불어 들어왔다. 나는 몸을 쫙 편 다음 일부러 소리를 내면서 세수를 했다.
　컴퓨터 앞에 앉았다. 꿈에서도 소설을 구상했다. '소설 뇌'가 작동하기 시작했나 보다. 화면을 째려보지 않더라도 늘 머릿속에서 커서가 움직이고 있는 느낌이다.
　어제 하루 종일 생각한 내용에 새벽에 꾼 꿈까지 포함해서 무조건 쓴다. 우물쭈물 망설이지 말고 서툴러도 좋으니까(분명 서툴겠지만) 일단 쓰기로 마음먹었다.
　썼다. 속도는 늦고 한 문장도 술술 써지지 않는다. '나는'이라고 할까 '내가'라고 할까. '는'이 좋을지 '가'가 좋을지. 맞다. '도'도 있었지. 이런 고민으로 손이 멎고 만다.
　화면의 글자 수를 계산해 봤더니 컴퓨터상의 두 페이지가 원고지 열 장 분량이었다. 서둘러 아침밥을 먹고 방으로 돌아와 오후 두 시까지 써서 절반쯤 완성했다. 국에 밥을 말아서 대충 먹고 나서 두 시 반에는 다시 책상으로 돌아왔다.

어제와는 기분이 다르다. 벌써 반은 완성했다. 남은 반은 생각보다 쉽게 써질 것 같은 기분이 든다. 같은 열 줄이라도 도입부의 열 줄과 중간의 열 줄은 부담이 전혀 다른 것 같은……. 일단 시동이 걸린 상태에서 쓰는 열 줄은 지금까지 쓴 문장이 뒤를 떠받쳐 주는 느낌이랄까. 이 느낌에 대해 다이조와 이야기해 보고 싶다.

후반 다섯 장을 쓰기에 앞서 힘을 얻기 위해서 지금까지 쓴 글을 읽어 보기로 했다. 계속 화면을 쳐다보느라 눈이 피곤해진 터라 원고를 출력했다. 딱 한 페이지였다.

읽었다.

속이 울렁거렸다. 좀 전에 먹은 밥은 물론이고 아침에 먹은 크루아상 샌드위치도 입 밖으로 나올 것 같았다.

글발이 별로였다. 정말이지 심각했다. 하루노와 가에데가 쓴 것과는 완전히 달랐다. 읽고 있자니 화가 난다. 내가 쓴 문장인데도. 다이조가 어떤 소설을 읽고 나서 투덜대던 모습이 기억났다.

"주어 반복이 심해서 어이가 없어. 영어랑 달리 우리말은 주어를 생략하는 게 자연스럽거든."

"명사든 동사든 같은 단어를 되풀이하면 흥이 깨지는 법. 이 작가는 유의어 공부 좀 해야겠어."

이 두 가지만 놓고 점검해 봐도 정말 그랬다. 주어 '나'가 끊임없이 나왔다. '여자 축구부'라는 말도 눈에 거슬릴 정도로 등장했다. 이런 경우 다른 말로 바꾸어야 하는구나.

그래도 화가 나는 이유를 조금은 알았으니까 그나마 다행이었다. 바로 그때, 등을 타고 한 줄기 식은땀이 흘러내렸다. 어쩐지 불길했다.

뭔가 이상하다. 지금까지의 원고와 이어지지 않는다. 가에데의 원고를 받아서 이어 쓴 게 분명한데. 하루노와 가에데가 쓴 원고를 화면에 불러내어 한 번 더 읽어 보았다.

주인공은 '에루코'. 에루코가 주어다. 그런데 내가 쓴 건 '나'가 주인공이었다. 이럴 수가! 주어가 바뀌었다.

망했다.

어쩌다 이렇게 된 걸까. 나를 모델 삼아 주인공을 만들다 보니 주어가 '나'가 되어 버렸다. 이건 '나'를 '에루코'로 바꾸면 해결될까. 언젠가 문예부 부원에 대한 글을 썼을 때 '나'를 '기미코'라고 바꿨듯이……

내가 한 실수에 염증을 느꼈더니 의욕이 확 사라지고 말았다. 그리고 오전에 느꼈던 자신감과 지금 느끼는 기분의 격차 탓에 조금 고분고분해졌다.

자존심을 부릴 때가 아니다. 모르는 건 빨리 물어보고 틀린 건 빨리 고친다. 처음의 작은 실수가 시간이 흐르면 흐를수록 되돌릴 수 없을 만큼 커져 버릴지도 모른다. 큰마음을 먹고 다이조에게 전화를 걸었다.

"어이, 기미코!"

어쩐 일인지 다이조는 기쁘게 전화를 받았다.

"구조 요청이지?"

좌절한 이유를 설명했다.

"전화해 줘서 고마워."

뭐라고? 말문이 막혔다. 다이조가 고맙다는 말을 다 하다니. 뭘 잘못 먹은 걸까.

"과연 요코스카 대표 공격수라니까. 동작이 민첩하네."

"그만 좀 치켜세워. 하루노랑 가에데가 너무 솜씨가 좋아서 괴로워."

"어깨 힘을 빼. 등은 쫙 펴고."

나는 고개를 끄덕였다. 그래 봤자 다이조가 알 리 없지만.

"그거 사실은 좋은 실수야. 주인공을 어떻게 표기할지는 엄청 중요하거든. 주인공을 다른 말로 바꾸면 시점 인물이라고 해. 이 소설은 주인공 에루코의 시점에서 이야기가 진행되잖아? 그밖에 다른 시점 인물은 없어."

"있잖아, 다이조. 미안하지만 전문 용어는 좀 자제해 줄래? 의욕이 사그라지니까. 다섯 가지 심경 변화도 쉬운 말로 바꾸니까 더 낫잖아."

"알았어. 그럼 시점 인물은, '아이 포인트'라고 하면 되겠어?"

"그래, 아이 포인트."

"좋아. 그러니까 이 작품의 아이 포인트는 에루코잖아."

"응. 지금까지 에루코만 나왔으니까."

"앞으로 등장인물이 늘어나도 아이 포인트는 에루코뿐이야. 이걸 '삼인칭 주인공 시점'이라고 해."

그런 용어는 생전 처음 들었다. 마치 영문법 수업 같았다.

"그것도 쉬운 말로 바꿀 수 없어? 가능하면 어려운 말 좀 쓰지 마. 가슴이 답답해진다고. 지금 충분히 어려운 일에 도전하고 있거든? 너라면 할 수 있잖아."

"삼인칭이라는 말은 중 1도 다 아는 거라고. 그와 그녀. 영문법 시간에 안 배웠어?"

"'나'는 일인칭이지?"

"맞아. 삼인칭이든 일인칭이든 주인공의 시점에서 본 것만 쓰기. 그게 바로 '주인공 시점'이야. 아이 포인트를 고정하는 거지."

그렇게 말해 주면 이해하기 쉽다.

"아이 포인트를 고정하는 건 소설에서 굉장히 중요해. 소설이란 등장인물 누군가에게 감정 이입을 하면서 읽는 거잖아. 대부분은 주인공이지만. 작가도 주인공에게 감정 이입해 주길 바라면서 쓰는 법이거든. 그러니까 작가가 주인공에게 아이 포인트를 고정하는 건 아주 중요하지. 주인공이랑 대화를 나누는 친구에게 아이 포인트를 두면 절대 안 돼. 무슨 말인지 알겠어?"

"통 모르겠어."

"그러면…… 지금 우리는 전화로 이야기하고 있으니까. 너는 내 속마음을 알 수 없잖아?"

"알고 싶지도 않아."

"농담할 때가 아니야. 진지한 이야기라고. 예를 들어 네가 주인공인 소설에서 네 아이 포인트로 이야기가 진행되다가 갑자기 내 아이 포인트가 끼어들면 독자는 헤매게 되지. 이런 걸 시점이 흔들렸다거나 시점이 무너졌다고 해. 아이 포인트에 혼선이 생긴 거야."

"도무지 무슨 말인지 모르겠어. 만화에서는 주인공이 아닌 인물의 마음 상태도 적혀 있잖아."

"소설은 상상력에 바탕을 두고 만들어 가는 예술이야. 가령 '형편없는 원고를 쓰고 기미코는 실망했다. 그걸 읽은 다이조는 절망했다.'라는 문장이 있다고 치자. 기미코와 다이조의 아이 포인트가 섞여 있잖아."

"안 이상한데?"

"주인공은 기미코야. 아이 포인트가 기미코에게 고정되면 다이조의 심리 따위는 알 수 없어. 그럴 때 다이조의 심리는 이렇게 표현해야지. '그것을 읽은 다이조는 얼마 동안 눈도 깜빡이지 않았다.'라고."

"전혀 이해가 안 되는걸?"

"눈을 깜빡이지 않았다는 말은 기미코의 시선으로 본 다이조의 모습이야. 아이 포인트가 기미코에게 고정되어 있다는 말이지. 다이조의 심리에 개입하지 않고도 다이조의 절망을 표현해냈어. 이렇게 쓰면 술술 잘 읽혀.”

"아, 성가셔.”

"소설은 원래 성가신 작업이야.”

"질문에 대답이나 해. 툭하면 딴 길로 빠진다니까.”

"중요한 얘기야. 소설은 아이 포인트를 고정하는 게 중요하다는 말씀. 1장을 쓴 하루노는 그걸 알고 에루코라는 주인공을 세웠어. 가에데도 그걸 받아들였고. 기미코는 주인공을 '나'로 해 버렸지만.”

"그럼 '나'를 에루코로 바꾸면 해결돼?”

"일단은. 그런데 중요한 건 그 다음이야. 아이 포인트가 에루코라는 사실을 꼭 명심해.”

"그럼 '나'라고 해도 됐잖아. 어느 쪽이든 상관없는 거 아니야? '나'로 하는 게 더 쓰기 쉬운데.”

"그건 아니지. 일인칭과 삼인칭은 미묘하게 달라. 그 작은 차이가 소설의 묘미거든.”

여느 때처럼 다이조가 또 우쭐대는 게 못마땅했지만, 딱히 내색하지는 않았다.

"작가와 주인공 사이의 거리감이 미묘하게 달라. 독자와 주인공 사이도 그렇고. '나'라고 하면 감정을 이입하기 쉽지만, '에루코'라고 하면 거리가 생기지. 조금 객관적으로 바라보게 돼. 또 일인칭에서는 자기 뒷모습은 묘사할 수 없어. 안 보이니까. 그렇지만 삼인칭에서는 가능해. 영화로 치면 카메라 렌즈가 일인칭에서는 주인공의 눈에 달려 있고, 삼인칭에서는 주인공의 머리 위나 어깨 위에 달려 있다고 할지. 뭐, 그런 느낌이야."

"그래서?"

"그러니까 항상 카메라를 머리에 올리고 에루코의 아이 포인트로 써 나가라는 말씀. 아, 한 가지 더. 단어 반복 말인데, 그건 지금은 신경 안 써도 괜찮아."

"정말?"

"다 쓰고 난 다음에 꼼꼼하게 확인하면 돼. 게다가 주어는 생각보다 더 많이 생략할 수 있어. 앞뒤 문장의 균형을 생각해서 전체를 한꺼번에 읽을 때 눈에 들어오는 것도 많고. 처음에는 오히려 주어를 확실하게 써 주는 편이 나아."

감탄했다. 이해하기 쉬운 조언이었다.

"지금 말한 건 기술적인 얘기잖아. 기술은 십중팔구 향상되니까 초조해 할 필요 없어. 그것보다 너한테 필요한 건 이야기의 핵심을 만드는 거야. 처음에는 그걸로 충분하니까 그 다음은 나중으로 넘겨."

"핵심이라니?"

"에루코가 절망한 이유 말이야."

"시합에서 선발 선수가 안 됐다거나?"

"에루코의 간절한 마음이 드러나면 돼. 그 마음이 전해지도록 써 봐."

"이것저것 고민이 너무 많아."

"고민하면 되지. 예를 들어 말이야. 가에데가 세 가지 키워드를 제시했고, 그중에서 우정에 대해 언급했지만, 아직 분명하게 말하지는 않았어. 흐릿하지. 그래도 우선은 괜찮아. 너는 동아리에 대해서 쓸 거지?"

정곡을 찔렀다. 나는 그렇다고 대답했다.

"동아리 활동에서 제일 늪에 빠질 만한 사건이 뭔지, 그것 때문에 답답하지?"

"그래."

"그럴 경우의 힌트. 먼저 너무 뻔한 일들을 생각한다. 아무나 다 생각할 수 있는 이유를 써 본다. 뭐가 있지?"

"축구 선수라면 부상이나 선수 선발 탈락 같은 거야."

"또?"

"시합에서 큰 실수를 저지르거나. 자책골을 넣어서 팀이 졌을 때."

"바로 그거야. 먼저 평범한 이유를 꼼꼼하게 써 보고. 그중에서 소설의 흐름에 어울릴 만한 게 있으면 그걸로 정하면 돼."

다이조의 말이 내 가슴에 거침없이 파고들었다. 좀 전의 아이 포인트 이야기와는 달리 무척이나 알기 쉬웠다. 고마웠다.

"그 다음에는 일반적이지 않은 걸 생각하면 돼. 너무 뻔해 보이는 것들을 보면서 그 밖의 다른 이유를 상상해 보는 거지."

"그거 재미있겠어."

"예정 조화라는 말 들어봤어? 불 보듯 뻔해서 누구나 예측할 수 있다는 말인데. 이게 소설이나 영화에 등장하면 스토리가 식상해지지. 그러니까 예정 조화가 안 일어나도록 조심해야 해. 동아리 때문에 마음이 상한 이유가 난생처음 들어보는 내용이라면 대성공이지."

"한번 해볼게."

"'시련은 분할할 수 있다.' 내가 좋아하는 말이야. 갑자기 풀이 죽은 이유를 찾으려면 힘들잖아. 그렇지만 지금처럼 순서에 따라 나눠서 생각하면 그렇게 어렵지만도 않다는 생각이 들기 마련이야."

시련은 분할할 수 있다. 좋은 말이다. 이건 '분할'이라고 불러야겠다. 나는 "땡큐." 하고 전화를 끊었다. 어째서인지 "고마워."라는 말은 차마 나오지 않는다. 하지만 정말 고마웠다. 상당히 마음이 편해졌다.

다이조는 대단하다. 마치 고등학교 교사나 대학 교수처럼 아는 게 많다. 지식뿐 아니라 설득력도 있다. 나 같은 문외한을 이해시킬 만큼 해설하는 능력도 뛰어나다. 자기가 무슨 이

케가미 아키라*라도 되나?

다이조가 어떻게 책을 좋아하게 되었는지 아직 물어보지 않았다. 가에데나 하루노와 달리 책을 읽으면서 태어났을 것 같은 느낌마저 든다. 한 손에 책을 들고 엄마 배에서 나온 게 아닐까.

나는 인스턴트커피를 마시며 마음을 다잡았다. 그런 다음 '아이 포인트'와 '분할'을 외치면서 컴퓨터 앞에 앉았다.

에루코가 동아리 때문에 기운을 잃은 이유는 자책골로 설정하기로 했다.

그 자체는 드문 일이 아니다. 상대 팀 선수가 찬 공이 에루코 몸에 맞고 에루코 팀 골대로 들어가 버렸다. 시합은 졌다. 자책골로 인해 팀 내 선수들끼리 사이가 틀어졌다. 3학년 골키퍼는 에루코의 수비 위치를 나무랐다. 그렇지만 에루코는 공격수로서 상대편이 득점을 할지도 모르는 위기 상황에서 서둘러 수비에 가담했을 뿐이다. 잘못은 드리블 돌파를 막지 못한 3학년 수비수에게 있었다. 에루코는 2학년이지만 자기 생각을 확실하게 말했다. 자기 잘못이라고는 꿈에도 생각할 수 없었다.

물론 감독과 주장은 팀이 분열되지 않도록 제어했다. 다만

---

*일본의 유명 시사평론가

다음 경기를 위해 뭐가 문제인지 검증하기로 했다. 그러자 에루코를 제외한 모든 선수들이 '에루코의 수비 위치'가 문제라고 지적했다. 2학년들도 다 그랬다. 에루코는 말도 안 된다고 생각했다. 팀 전체에 대한 불신이 폭발했다.

이런 흐름으로 원고를 완성해서 하루노에게 넘겼다.

하루노는 우정 부분을 깔끔하게 써냈다. 단체 대화방 퇴출처럼 친구들로부터 따돌림을 당했다. 이 부분도 가에데와 내가 쓴 원고가 유기적으로 얽혀 있다. 자책골 사건으로 고통스러웠던 에루코는 친구에게 분풀이를 해 버렸다. '열 받아!'에 해당하는 심리 상태. 언어폭력으로 친구의 마음에 상처를 주고 말았다. 하루노는 이런 묘사가 정말 뛰어나다.

7월 말, 2회전이 끝나고 60장이 완성되었을 무렵 다이조로부터 요코스카 중앙역 근처에 있는 패밀리 레스토랑으로 모이라는 연락이 왔다. 여기는 드링크 바가 있어서 시간을 때우기 좋다. 종업원 수가 적어서인지 손님에게 별로 신경 쓰지 않는 점도 마음에 든다.

"그럭저럭 잘 되고 있어."

오렌지 주스를 벌컥벌컥 들이켜고 나서 다이조가 내뱉은 말이다. 칸막이로 둘러싸인 4인용 좌석인데, 다이조가 혼자 벽 쪽 자리를 차지하고 맞은편에는 여자 셋이 바짝 붙어 앉아 있다.

"여기까지가 제일 힘든 법이야. 자동차는 시동 걸 때 제일 에너지가 많이 필요하니까. 일단 달리기 시작하면 쭉쭉 나가지."

"단점을 지적하고 싶은 거지? 그냥 빨리 말해."

가에데가 따지자 다이조는 맞다며 고개를 끄덕였다.

"물론 고칠 데는 엄청 많아. 흐름도 뒤죽박죽이고. 그래도 확실히 한걸음씩 나아가고 있어. 그건 그렇고, 모처럼 가에데가 말할 타이밍을 만들어 줬으니까 앞으로 주의해야 할 점을 알려 줄게."

다이조가 등줄기를 쫙 폈다.

"우리가 표현하려는 건 일상생활에서의 죽음이지, 진짜 죽음이 아니야. 일상에서 경험하는 고통을 그리는 게 목표라고."

가에데는 2회전 원고에 초등학교 시절 사고로 세상을 떠난 친구 이야기를 썼다. 다이조는 그 부분을 지적했다.

"쓰지 않음으로 인해 오히려 존재감이 드러나는 법이라고. '그 애는 내게 바보라고 말했다.'와 '그 애는 내게 무척 심한 말을 던졌다.' 중에서 어느 쪽이 더 깊이가 느껴져? 두 번째야. 일부러 말하지 않고, 쓰지 않는다. 전에도 소설은 상상력을 바탕으로 한 예술이라고 한 적 있듯이 바보라고 써 버리면 상상의 여지가 없어져. '아주 심한 말'이라고 하면 독자는 각자 심한 말을 머릿속에 떠올리게 돼. 무한하게 펼쳐진다고."

"이야기가 삼천포로 빠진 것 같은데? 뭐, 상관없어."

"릴레이 형식이니까 자유롭게 이야기를 확대하거나 등장인물을 늘리는 건 상관없는데 반드시 명심해야 하는 법칙이 있어. 도착지를 향해서 갈 것! 이를테면 요코스카에서 교토로 간다고 치자. 방법은 여러 가지야. 몇 가지 경로나 이동 수단 중에서 선택할 수 있어. 경유지도 고를 수 있고. 아무리 그래도 센다이를 경유하거나 시코쿠나 규슈까지 가는 사람은 없어. 어떤 일이든 자연스러운 흐름이라는 게 있는 법이니까. 우리가 쓰는 소설도 흐름은 정해져 있잖아? 자유롭게 써도 된다는 말도 어디까지나 흐름을 거스르지 않는 범위에서 허용되는 거고."

이해하기 쉬운 예다. 그런 의미에서 하루노의 아이디어는 훌륭했다. '말도 안 돼!'부터 '힘을 내자!'까지의 심경 변화가 그대로 소설의 흐름이 되니까.

"문장에 집착하지 않아도 되니까 기세를 몰아서 계속 써 보자. 다 쓴 다음에 꼼꼼하게 점검할 테니까. 릴레이 형식이 주는 편안함을 느끼면서 계속 써 봐."

다이조가 슬쩍 나를 쳐다봤다. 문장이 매끄럽지 않은 건 나밖에 없으니까.

"저기, 다이조. 좀 더 구체적으로 칭찬해 줘."

하루노의 제안에 가에데도 "맞아, 맞아." 하며 맞장구를 쳤다. 나도 물론 가세했다. 참고로 하루노는 "저기, 다이조.", "뭐야, 다이조?", "잠깐만, 다이조."라는 말을 자주 쓴다.

"듣고 있어, 다이조? 칭찬받지 못하는 예술가는 물을 안 주는 꽃과 같다는 말 몰라?"

"누가 한 말인데?"

"내가 만들었어. 너한테 배웠거든."

"좋은 말이네. 그럼 구체적으로 한번 칭찬해 볼까? 등장인물이 어떤 사람인지 설명해야 하잖아? 주인공은 더더욱 그렇고. 나이, 직업, 지금까지 어떻게 살아왔는지 등 이야기를 시작하자마자 단번에 설명해 버리는 건 안 좋은 방법이야. 성급하기 짝이 없지. 생김새나 머리 모양 같은 것도 대충 묘사하면 돼. 뛰어난 소설은 티 내지 않고 담담하게 등장인물의 정보를 제공해 나가거든. 그 점은 너희도 잘하고 있어. 주인공 에루코가 아직 베일에 싸여 있으니까. 형제가 몇인지 부모님이랑 사이는 좋은지 거의 언급 안 하고 있잖아. 얼굴이 어떻게 생겼는지 머리카락이 짧은지 긴지도 몰라."

하루노가 짧게 혀를 찼다. 이건 비난이다. 마땅히 써야 하는 내용을 단순히 잊어버렸을 뿐이다.

"다이조, 그건 그렇고. 주인공의 생김새나 머리 모양을 말하려다 보면 어쩐지 설명하는 투가 돼 버리잖아? 어떻게 쓰면 돼?"

"좋은 질문이긴 한데, 지나치게 초급 수준이네. 나한테 묻기 전에 좋아하는 소설을 읽어 보면서 주인공을 어떻게 묘사하고 있는지 확인하는 편이 낫지 않겠어? 역시 프로는 다르거든. 그런 묘사에서 글 솜씨가 나타나는 법이야."

"예를 들어 에루코라면 어떻게?"

"스스로 생각해."

"쩨쩨하긴."

"뇌에서 땀을 흘려 봐야 해. 힌트를 주면, '에루코, 머리 잘 랐어?'처럼 친구의 대사를 잘 이용하는 방법도 있어. 그걸 기회로 머리 모양을 묘사하는 거야."

"이야, 그럼 얼굴은?"

"얼굴 묘사는 수월하지 않은데. 직접 소설을 읽어 보면서 스스로 생각해야 할 문제야."

"제발 부탁이에요!"

가에데가 목청을 높였다.

"선생님! 한 번만 더 살려 주세요!"

다이조가 사탕발림에 잘 넘어간다는 사실을 우리는 알고 있다. 수다와 설교를 좋아하는 것도. 다이조가 머리카락을 쓸어 올리면서 기지개를 켰다.

"이를테면 거울을 보는 방법이 있어. 진부한 예긴 한데, 욕실에서 샤워하기 전에 거울을 쳐다보면서 얼굴 마사지를 하게 하는 거야. 그 장면이라면 눈이 어떻게 생겼는지 코가 높은지 낮은지 세밀하게 묘사할 수 있어. 그 다음으로는 아무개를 닮았다고 쓴다거나. 여기서 유명인을 닮았다고 하는 건 안 돼. 이미지에 너무 의지해서 묘사 방치가 돼 버리거든. '미국 애니메이션에 나오는 명랑한 돼지를 닮았다' 정도는 괜찮아."

"그럼 스카린을 닮았다는 건?"

"안 돼. 스카린 캐릭터가 확 떠오르니까. '각 지자체가 앞다투어 만들고 있는 지역 대표 캐릭터처럼 이목구비가 뚜렷하고 애교가 넘치는 얼굴'이라면 문제없어. '누구나 쉽게 초상화를 그릴 수 있을 것 같은 생김새'도 괜찮고."

"다이조는 진짜 모르는 게 없는 만물박사라니까. 아이 포인트 이야기도 그렇고."

"치켜세우고 뭐 얻어먹으려는 속셈인가 본데 안 속아."

"구두쇠. 선생님이 학생에게 맛있는 거 사 주는 건 당연하잖아?"

"맞다. 기미코한테 일인칭과 삼인칭에 대해 가르쳐 줬었지? 일인칭 소설에서 주인공 이름을 밝히려면 기술이 필요해."

"제발 좀 알아듣기 쉽게 말해 줘."

"일인칭 소설에서 주인공이 자기 이름을 입에 올리는 건 어색하잖아. 소설에서 '나는야 퉁퉁이*, 골목대장이라네.'라고

---

*애니메이션 〈도라에몽〉에 나오는 캐릭터 중 하나

쓰면 끝장이야."

"그럼 어쩌란 말이야?"

"나쓰메 소세키의 『도련님』은 일본 최고의 일인칭 소설인데, 거기에 힌트가 있어."

"도련님 이름이 뭐더라?"

"기억 안 날걸? 처음부터 끝까지 이름도 성도 안 나오거든. 단지 기요*가 '도련님'이라고 부를 뿐. 그 호칭이 그대로 제목이야."

"그럼 이름은 없어도 되는 거네?"

"그럴 리가. 나쓰메 소세키 정도 되는 대문호라면 얼마든지 도련님 이름을 밝히고도 남아. 교장이 이름을 부르는 장면이나 출근 명부 묘사를 통해 이름을 알리는 방법도 있고. 실제로 절호의 기회도 있었어. 도련님이 센바람**한테 인사하면서 임명장을 보여 주는 장면이 있거든. 예를 들면 도련님이 차남이니까 이름이 지로라고 가정하고, '뭐야, 너도 지로였어? 내 동생 이름도 지로***라네.'라고 센바람한테 말하게 하는 방법도 있었어. 그런데 나쓰메 소세키는 그렇게 하지 않았어. 이름이 없어도 작품이 성립한다고 판단했을 테지."

"도련님에 대해서는 이해했는데. 문제는 〈다시 일어서는 소

---

*『도련님』에 나오는 하녀 이름
**『도련님』에 나오는 동료 수학 교사의 별명
***일본에서 둘째 아들에게 많이 붙이는 이름 중 하나

녀〉야."

"가에데, 지금 내 말 듣고 있어? 방금 말했잖아. 이름을 부르거나 출근 명부를 묘사하거나. 얼마든지 만들어 낼 수 있다고."

"한 번만 더, 알기 쉬운 예를 들어 주세요!"

"예를 들어 일인칭 소설이고 주인공 이름은 사토 다이조라고 쳐. 동료에게 이름을 부르게 해서 '직장에서는 다이조로 통하고 있다. 같은 사토라는 성을 가진 동료가 세 명이나 더 있기 때문이다. 초등학교부터 대학교까지 줄곧 다이조라고 불려 왔다.'라고 하든가. 이거, 지금 막 생각해 낸 것치고 괜찮지 않아?"

"괜찮긴 뭐가 괜찮아?"

"단순히 이름만 밝힌 게 아니잖아. 성이 사토인 사람이 셋이나 더 있어서 주인공은 다이조라 불린다. '사토 씨'라고 불리는 사람이 있을지도 몰라. 주인공은 이름으로 불릴 정도로 친근한 성품이라는 것. 그런 관계성까지 포함되어 있다고."

"과연, 이것저것 생각하는구나."

가에데의 말에 다이조는 고개를 끄덕였다.

"이런 방법도 있어. 주인공 여고생이 전철 안에서 정기권을 잃어버려서 역이랑 파출소에 가서 신분을 밝히는 거야. 자기가 먼저 이름을 말하는 게 아니라 질문에 대답하게 하는 게 바로 기술이지."

다이조는 "훌륭해, 훌륭해."를 연발하면서 도무지 이야기를 끝낼 기미를 보이지 않았다. 결국 우리는 패밀리 레스토랑에 네 시간이나 죽치고 말았다. 드링크 바 덕분이었다.

6. 여름 합숙!

8월이 시작되었다. 본격적인 한여름이다.

문예부는 넷이서 합숙을 가기로 했다. 지바 현 우치보*에 가에데 친척이 소유한 별장이 있다. 거기에서 일주일 동안 합숙을 한다.

"문예부가 합숙을 다 하다니. 지독하다고 해야 할지 즐거워 보인다고 해야 할지."

엄마는 그렇게 말했지만, 당연히 독하게 소설 작업에 몰두할 예정이다. 단, 가방에는 글러브와 공이 들어가 있다. 바다가 가깝다고 하니까 수영복도.

〈다시 일어서는 소녀〉는 지금까지 세 바퀴를 돌았다. 한 사람이 30장씩, 전부 다해 90장을 썼다. 뭐가 어찌 됐든 예삿일은 아니다.

---

*지바 현 남서부의 해안 지역

세 바퀴 돌고 나니 뼈대가 잡히기 시작했다. 집필 분담이라고 해야 하나. 하루노와 가에데가 인물을 설정한다. 그걸 이어받아서 나는 인물의 특성을 고려하면서 에피소드를 만든다.

두 바퀴 돌아서 60장이 완성된 지점에서 에루코의 마음이 산산조각 난 이유가 밝혀졌다. '사랑'과 '우정'과 '동아리', 이 세 가지가 전부 연결되었다. 에루코 팀의 경기가 있는 날이었다. 겐지는 약속을 어기고 응원하러 오지 않았다. 에루코와 가장 친한 친구인 가나와 디즈니랜드로 데이트를 간 것이었다. 그런 사정은 꿈에도 생각하지 못한 채 열심히 운동장을 가로지르는 에루코. 후반전 중반까지는 1대 0으로 이기고 있었다. 그런데 상대편이 날린 슛이 에루코의 몸에 맞아 자책골이 들어가고 말았다. 그 여파를 몰아 상대 팀은 역전 골까지 넣었다. 망연자실하는 에루코. 시합이 끝나도 에루코를 위로해 줄 겐지는 어디에도 없었다.

이게 참신한 설정인지 아닌지는 몰라도 최소한 나쁘지는 않다고 생각한다. 세 가지를 연결한 건 나다. 주인공에게는 가혹한 시련이 아닐 수 없다.

그랬더니 3회전이 시작되자마자 하루노가 엄청나게 강렬한 슛을 날려 왔다. 61쪽은 이런 문장으로 시작되었다.

잠을 설쳤다. 푹 잤다는 느낌이 전혀 들지 않는다. 머리가 무겁다. 눈을 뜨자마자 휴대 전화를 확인했다. 겐지는 여전히 감감무소식이다.

에루코는 침대에서 일어나 커튼을 열어젖혔다.

여느 때처럼 멀리 바다가 보이는 풍경이 아니었다. 지독하게 캄캄하다. 아직 아침이 찾아오지 않은 걸까. 하늘에는 몇 개의 구름 덩어리가 떠 있었다. 어쩐지 기분 나쁜 비구름이다. 그렇지만 바다 위에는 푸른 하늘이 펼쳐져 있다. 맑은 날씨다.

에루코는 하늘을 올려다보았다. 하늘에 떠 있는 건 구름이 아니다. 둥근 물체였다. 은빛으로 빛나는 거대한 구체.

"저게 뭐지?"

무의식중에 에루코는 중얼거렸다.

다섯 개의 은색 구체가 둥둥 떠다닌다. 푸른 하늘을 방해하려고 작정한 듯이. 에루코는 몇 번이나 눈을 비볐다가 하늘을 바라보는 일을 되풀이했다.

이렇게 불길한 하늘은 난생처음이다.

세면대로 가서 세수를 하고, 양치를 하고, 평소처럼 잠에서 깨기 위해 보리차를 마셨다. 그런 다음 현관으로 나가서 또 하늘을 올려다보았다. 여전히 은색 구체가 있었다.

하늘을 올려다봤더니 머리가 띵했다. 마치 무거운 공을 헤딩했을 때처럼.

이게 도대체 어떻게 된 일일까?

에루코가 두 살 어린 남동생을 깨워서 창문을 보여 줬지만,

이상한 구체가 남동생 눈에는 안 보이는 모양이었다!
이게 바로 판타지라는 건가!
난감하다.
하루노의 엉뚱한 공격을 가에데는 잘 막아냈다.

머리 위로 언제나 뭔가가 따라다닌다. 음침한 공기. 은색 구체는 푸른 하늘을 먹어 치워 버린다.
불투명한 현대를 상징하는 물체일지도 모른다고 생각했으나 그건 에루코와는 상관없는 일이었다. 가스탱크 같은 괴물의 등장에 그저 어리둥절할 따름이다. 이 상황을 아무에게도 설명할 수 없는 사실이 괴롭기만 하다.

내 차례가 되었을 때는 나 역시 주인공만큼이나 얼떨떨했다. 세 번 반복해서 읽은 다음에야 하루노의 의도를 조금이나마 이해했다. 은색 구체는 에루코의 심리를 상징한다. 왜 하필이면 구체인가? 그건 에루코가 축구팀이라서. 그럼 왜 다섯 개인가? '말도 안 돼!'부터 '어쩔 수 없지'까지가 다섯 단계이기 때문이다.
불길한 구체가 하나둘 사라져 가는 전개다. 다섯 구체의 뒷면에는 각각 '말도 안 돼!', '짜증나!', '좀 기다려!', '못 해 먹겠네', '어쩔 수 없지'라는 문구가 쓰여 있다.
나는 교실 창밖으로도 다섯 개의 구체가 보인다는 장면을 이어서 썼다. 같은 반 친구를 슬쩍 떠봤지만 역시 주인공 눈에만 보였다.

 머리가 계속 어질어질했다. 나는 겐지에 대해서는 언급하지 않고 하루노에게 원고를 넘겼다. 전체 흐름으로 보면 첫 단계인 '말도 안 돼!'를 지나 두 번째 단계인 '열 받아!'까지 온 상태이다. 주인공 에루코는 가시 돋친 말로 친구에게 상처를 주거나 분노를 폭발시키는 캐릭터가 아니다. 이 부분을 어떻게 써야 할지 엄두가 나지 않는다.
 다소 예상치 못한 전개가 되어 버렸지만, 우리는 원고 90장을 손에 쥐고 바다를 건너 별장으로 간다!

 구리하마까지 엄마가 자동차로 우리를 데려다 주었다. 구리하마에서 도쿄만 여객선으로 약 40분이 걸린다. 도쿄만을 가로지르는 여객선은 요코스카 시민이라면 누구나 한 번 타 봤을 정도로 별일 아니지만, 별장에 간다고 하니 왠지 각별하게 여겨졌다.
 여름방학 기간인데도 평일인지라 여객선은 텅 비어 있었다. 별장에는 점심 무렵에 도착할 예정이다. 오히려 이른 아침 시간대에는 이용객이 많은 모양이었다. 갑판에 나갔더니 여름 태양이 바로 눈앞에 떠 있었다. 배가 동쪽으로 나아가니까 오전에는 틀림없이 아침 해가 눈이 부실 정도로 찬란하게 빛

날 것이다. 가나야 항에 도착하자 "기미코." 하고 가에데가 말을 꺼냈다.

"도착하면 점심시간이지? 거기 상황이 어떤지 모르니까 먹을 거라도 좀 사 갈까?"

"그게 좋겠어. 근처에 꼭 편의점이 있을 거라는 보장도 없으니까."

"아저씨가 먼저 와 계신 건 맞냐?"

다이조가 물었다. 그 아저씨는 7월 말부터 별장에서 지내고 있다고 한다. 고등학생 넷이서 합숙하는 게 불안해서 가에데 부모님이 부탁하신 모양이다. 관리인 역할이라고 할까.

"점심쯤에 도착한다고 벌써 연락해 뒀으니까 점심은 차려 주시겠지."

"가에데, 그 아저씨는 어떤 사람이야?"

하루노가 던진 질문에 가에데는 "글쎄." 하며 고개를 갸우뚱했다.

"30대 중반이래. 우리 삼촌 친구고. 나도 아직 만난 적이 없어."

"뭐? 네 삼촌 아니었어?"

다이조가 물었다. 가에데는 수다스럽지만 정작 중요한 이야기는 잘 빼먹는 경향이 있다. 자기는 말한 줄로 착각하겠지만.

"우리 삼촌이랑 초등학교 때부터 친구래."

"그 말은 곧 생판 남이라는 뜻? 난 괜히 지레짐작으로 네 친척이라고 생각했어."

"삼촌 친구면 완전히 남이야?"

"당연하지. 두말하면 잔소리야."

"앞으로 열흘쯤 같이 지내야 하는데. 뭐 하는 사람이래? 뭔가 수상한 냄새가 나는데……."

"내가 말 안 했나? 소설가랬어."

"맙소사!"

다이조는 놀라서 펄쩍 뛰어올랐다.

"도도 규사쿠라는 사람인데. 피서도 할 겸 겸사겸사 여기서 집필 중이래. 우치보도 덥기는 마찬가지지만, 간토 평야보다는 훨씬 시원하다고 하잖아. 그 아저씨는 사이타마 구마가야에 사는데, 거긴 아침부터 35도를 넘을 정도로 엄청나게 덥대."

"소설가라고?"

"신인상도 받고 책도 출간했다나 뭐라나."

"이름은 들어본 적 있는데……. 어떤 작품을 썼는지 알아?"

다이조의 질문에 가에데가 맥없이 고개를 옆으로 흔들기만 했다.

"어떤 장르일까?"

내 질문이 끝나자마자 다이조는 이미 휴대 전화로 검색하고 있었다.

"3년 전에 '소설 토리노 장편 신인상'을 받았다고 나와. 수상작은 『웨일스의 비』. 멋지다! 어떤 소설인지 아는 사람?"

우리는 서로 짜기라도 한 듯이 고개를 옆으로 흔들었다. 다이조가 모르는데 우리가 알 턱이 없지. 심지어 나는 〈소설 토리노〉라는 잡지조차 처음 들었다.

"소설가랑 합숙한다는 거, 왜 좀 더 일찍 말 안 해 줬어?"

"무슨 상관이야. 아저씨도 정신없을 테고 우리도 우리대로 바쁠 텐데."

"상관있고말고! 소설가가 집필하는 걸 눈으로 직접 볼 좋은 기회라고!"

다이조가 장난감을 선물받은 아이처럼 시시덕거리기 시작한 탓에 나도 덩달아 웃고 말았다.

"다이조, 그 상 꽤 좋은 거지?"

"그중에서 나오키상 수상자도 몇 명이나 나왔으니까."

"근데, 그 아저씨, 별로 활약은 못했나 봐. 책으로 나온 건 수상작뿐인데?"

하루노가 다이조의 휴대 전화를 만지작거리면서 말했다.

"두 번째 작품의 벽이라는 말도 있잖아. 신경질적인 사람일 수도 있겠다."

다이조의 말에 나는 속으로만 끄덕였다. 흥행을 못했으니까 친구 별장을 빌렸겠지. 더구나 이렇게 애매하게 더운 지역을. 인기 작가라면 가루이자와나 홋카이도에 갔겠지. 서평을 즐기는 사람이라면 얘기가 달라지지만.

"경의를 표하면서 선물이라도 사 가자."

다이조의 제안에 따라 편의점에서 저렴한 컵 아이스크림을 다섯 개 사서 버스에 올랐다. 드라이아이스까지 챙겨 넣은 채로. 그리고 우리는 가나야 항에서 약 30분을 달려서 도미우라라는 마을에 도착했다.

별장은 바닷가에 있었다. 연한 노란색의 고급스러운 2층 건물이었다. 별장과 바다 사이에 포장도로가 있고, 비슷하게 생긴 별장이 간격을 두고 늘어서 있다. 모래막이숲에 가로막혀 있긴 하지만, 엎어지면 코 닿을 거리에 바다가 있다. 걸어서 1분도 안 걸릴 것 같았다. 현관을 나가서 도로를 건너기만 하면 바로 바다다. 우치보의 한적한 해수욕장으로, 멀리 바다 너머로 미우라 반도가 눈에 들어온다. 그 너머에는 후지산이 있다고 한다. 지금은 안개가 자욱해서 형태가 가려졌지만. 최적의 위치였다.

우리는 등에는 배낭을 메고, 손에는 스포츠백을 든 채 문 앞에 섰다. 문은 닫혀 있었지만 바람이 잘 통하게끔 방충망이 달린 창문은 열려 있었다. 열쇠도 채워져 있지 않다. 현관에 들어서자 모기향 냄새가 났다. "안녕하세요!" 하고 다이조가 큰 소리로 외쳤지만 아무런 대답이 없었다. 라디오인지, 어디선가 피아노 소리가 들려왔다.

"점심 먹으러 갔나?"

"이렇게 문을 활짝 열어 놓고?"

"아니면 2층에 있나?"

현관에 신발을 벗어 두고 우리는 안으로 들어갔다. 짧은 복도를 지나자 넓은 거실이 나왔다. 커다란 원형 테이블을 여덟 개의 의자가 둘러싸고 있었다. 테이블 위에는 책이 산더미로 쌓여 있고, 한가운데에는 검은색 노트북이 놓여 있었다. 트럼프 카드 다발도 눈에 들어왔다. 흰색 바탕에 빨강과 검정 막대기가 엑스 자 모양으로 그려져 있는 카드였다. 카드로 점이라도 보고 있었던 걸까.

거실 오른쪽에 다다미방이 있고, 왼쪽에는 욕실과 화장실이 있다. 부엌 입구 왼편은 계단이다. 다다미방에는 침대가 자리를 차지하고 있었다. 그런데 자세히 봤더니 맥주 상자를 깔고 그 위에 이불을 씌웠을 뿐이었다.

"우린 2층을 쓰기로 했어."

가에데가 아이스크림을 냉동실에 넣고 돌아왔다. 2층에는 방이 두 개 있었다. 하나는 다다미방이고, 하나는 침대방이었다. 다이조는 침대방에, 우리 셋은 다다미방에 짐을 풀었다. 2층은 전혀 사용을 안 했는지 덧문이 닫혀 있었다. 창문을 열어 환기를 시키고, 빗자루로 재빠르게 바닥을 쓸고, 수건을 빨아서 걸레질을 했다. 내 방이나 교실은 이렇게까지 열심히 청소한 적이 없는데, 이럴 때는 죽을힘을 다하는 게 신기하기만 하다.

2층 베란다로 나갔더니 바로 눈앞에 바다가 펼쳐졌다. 도쿄만이다. 저 멀리 화물선이 몇 척 떠 있었다. 검은색 대형 탱크가 유유히 떠도는 것만 같았다. 세계 각국의 배가 태평양을 지나 여기로 들어와 요코하마와 도쿄의 항구로 향한다.

평소와는 정반대 위치에서 보는 경치다. 배가 멀리 있었다. 덕분에 배가 요코스카 앞바다를 생각보다 더 가깝게 지나간다는 사실을 깨달았다.

"경치 한 번 끝내주네."

다이조가 중얼거렸다. 서쪽으로는 어렴풋하게나마 미우라반도 끝이 보였다. 계속 바다를 바라보고 싶은 마음은 굴뚝같았지만, 역시 금강산도 식후경이다. 디저트로 아이스크림을 먹기 전에 뭔가 제대로 된 걸 먹고 싶었다.

계단을 내려갔더니, 거실 분위기가 아까와 달랐다.

방금 봤던 배의 검은색 탱크가 테이블에 떡 하니 자리를 잡고 있다고 생각했는데, 그건 다름 아닌 사람이었다. 검정 폴로셔츠를 입은 웬 남자가 책을 읽고 있었다. 상당히 뚱뚱하다.

"잘 왔다!"

남자가 얼굴을 들었다. 가에데가 먼저 인사를 하고, 우리도 차례대로 자기소개를 했다.

"나는 도도라고 한다."

예의 아저씨였다. 몸집에 비해 작고 갈라진 목소리였다.

"이야기는 들었다. 편하게 써. 한 가지만 조심해 주고. 전자레인지와 토스터는 절대로 동시에 쓰면 안 돼. 바로 차단기가 내려가 버리거든."

아저씨가 말했다. 선한 눈빛에 빵빵한 볼, 통통한 몸매가 요코스카가 낳은 캐릭터 스카린을 닮았다. 다박나룻을 아무렇게나 기른데다 머리도 부스스하다. 어쩐지 일자리를 잃은 백수 분위기가 났다.

다이조가 문예부에 대해서라든가 여름 합숙의 의의에 대해 설교를 시작하려 했지만, 가에데가 "먼저 밥부터 먹자."라며 단칼에 잘라 버렸다.

"아직 점심 안 먹었냐? 냉장고에 든 건 맘대로 먹어도 돼."

냉장고를 들여다보니 두부나 젓갈 따위가 어수선하게 놓여 있을 뿐, 점심으로 먹을 만한 건 보이지 않았다. 야채는 있었지만, 우유나 달걀은 없었다.

우리가 떠드는 소리가 아저씨 귀에도 들렸는지 "내가 뭐 좀 만들어 줄까?" 하면서 자리에서 일어나는 게 보였다. 흰색 반바지를 입고 있었다. 일어서니까 아까보다 더 거대해 보였다. 적어도 키가 180은 넘지 않을까. 커다란 상반신에 비해 다리는 묘하게 가늘었다.

"가스는 쓸 수 없지만, 핫플레이트로 뭐든 만들 수 있거든."

아저씨는 냉장고 야채실에서 배추를 꺼내 능숙하게 잘게 썰었다. 우리는 그냥 테이블에서 기다렸다. 테이블 위에는 책이며 사전이며 자료가 어지럽게 쌓여 있었지만, 다행히 반은 비어 있었다. 지름이 1미터는 넘어 보였다. 넓이는 탁구대와 막상막하였다.

카레의 향신료 냄새가 났다. 꼬르륵 소리가 나는 배를 부여잡고 기다리는 사이 아저씨가 싱글벙글대면서 은색 냄비를 들고 나타났다. 다시 보니 냄비가 아니라 핫플레이트였다.

카레라면이었다. 이렇게 땀이 삘삘 흐르는 날씨에 라면이 웬 말인가.

"바닷바람 때문에 피부가 금세 끈적끈적해지니까 하루에 몇 번씩은 샤워하는 게 좋을 거야. 뜨거운 거 먹고 땀에 흠뻑 젖은 다음에 말이지."

우리는 국그릇에 라면을 덜어 후루룩 삼켰다. 환상적인 맛이다! 그냥 인스턴트 라면으로 만들었을 뿐인데 이런 맛이 나다니! 건더기는 배추, 파, 저민 고기. 카레가루를 뿌린 센스가 돋보였다. 다이조는 "둘이 먹다가 하나가 죽어도 모를 만큼 맛있어요."라며 호들갑을 떨면서 면을 빨아들였다. 가에데와 하루노도 오직 먹는 일에만 집중했다. 물론 나도 마찬가지였다. 국물 맛이 끝내줘서 마지막 한 방울까지 다 들이켰다.

"아저씨는 점심 드셨어요?"

다 먹고 나서야 다이조가 물었다.

"나는 하루에 한 끼만 먹어. 저녁만."

"그래도 괜찮아요?"

"밥을 먹으면 한동안 글을 못 쓰니까. 그런 시간이 아깝거든."

나는 손수건으로 입을 닦으면서 기지개를 켰다. 프로가 눈앞에 있다. 모처럼 뇌에 모인 혈액을 소화기관에 빼앗기고 싶지 않을 테지. 다소 야무지지 못해 보이긴 해도 아저씨는 엄연한 프로였다.

"맞는 말씀이에요. 요리하는 데도 시간이 걸리고. 세 끼 챙겨 먹으려면 시간을 많이 빼앗기죠."

가에데도 한마디 거들었다. 틀린 말이 아니다. 집에서는 엄마가 다 만들어 주니까 그냥 먹기만 하면 된다. 설거지 정도는 거들기도 하지만. 장 보는 시간까지 생각하면 먹는 데 쓰는 시간은 만만치 않다.

다이조가 소설을 화제에 올리며 아저씨에게 질문 공세를 퍼부으려고 하자, 여느 때처럼 가에데와 하루노가 강제로 말을 끊었다. 넷이서 서둘러 설거지를 하고 2층으로 올라갔다.

"진짜 눈치가 발바닥이라니까."

가에데가 다이조를 나무랐다.

"넌 평소에 그렇게 잘난 척하더니 어쩜 그렇게 다른 사람의 기분을 눈곱만큼도 파악 못 하니? 아저씨는 끼니도 건너뛸 만큼 일 분 일 초도 아끼면서 작업하시는 거잖아? 그런데도 라면까지 끓여 주셨어. 그런 사람을 물고 늘어지면 어쩌자는 거야?"

"그야 궁금한 게 너무 많으니까 그렇지. 진짜 프로잖아."

"앞으로 천천히 물어보면 되지. 그런 기회는 저녁 식사 시간이라든가 얼마든지 있다고. 등장인물의 정보를 단번에 다 제공하면 안 된다고 네가 그랬잖아? 차츰차츰 하나씩 하나씩 하라면서?"

하루노가 박수를 쳤다. "다이조, 한 방 먹었네."라며 나도 맞장구를 쳤다. "알았으니까 그만해."라며 다이조가 의기소침해졌다.

별장은 바람도 잘 통하고 소리도 잘 통한다. 그 증거로 1층에서 흘러나오는 라디오 소리가 2층에도 들린다. 그 말은 즉 우리가 수군대는 소리도 아저씨 귀에 그대로 전달될 수 있다는 말이다.

배도 꺼뜨릴 겸 산책을 하기로 했다. 가에데가 "뭐 좀 사 올까요?" 하고 묻자 "이따가 차 몰고 나갈 거니까 괜찮아. 오늘 밤에는 환영회를 해야지."라는 대답이 돌아왔다.

바닷가 별장에서 환영회라니!

7. 소설가 바다사자 씨

해안선을 산책하는 내내 아저씨가 화제에 올랐다.

"뚱뚱한데다 검은색 셔츠까지 입으니까 꼭 바다사자* 같아."라는 하루노의 말에 다들 폭소를 터뜨리면서 동의했다. 아저씨 이름이랑 발음도 비슷하고. 그래서 '바다사자 아저씨'라고 부르기로 했지만, 도중에 다시 '바다사자 님'이라고 바꿨다가 최종적으로 '바다사자 씨'로 결정했다. '바다사자'라고 하지 않은 건 경의를 표하기 위해서였다. 카레라면에 대한 감사의 표시이다. 이런 사소한 데서 중요한 것(?)이 결정되는 법이다.

환영회는 오후 네 시에 열기로 했다. 왜 그렇게 이른 시간에 하냐고?

"노을이 빨갛게 불타오르고 있잖아. 빨간색 신호등처럼. 그

---

*일본어에서는 바다사자를 '도도'라고 발음한다.

러니까 가던 길도 멈추고 하던 일도 멈춰야지!"

 아저씨가 우스갯소리를 했다. 우리는 깔깔대며 웃었다. 역시 농담하는 센스도 남달랐다.

 "풍경이 한 폭의 그림 같아. 미우라 반도로 해가 지고. 오늘쯤 서리가 걷혀서 후지산이 자태를 드러낼 거야."

 우리는 네 시가 되기 전에 테이블에 자리를 잡았다. 석양볕이 따가웠지만, 창을 활짝 열고 서쪽 하늘을 바라보았다. 실로 장관이었다. 이렇게 미우라 반도를 바라보는 건 처음이었는데, 석양이 후지산을 넘어가는 게 선명하게 눈에 들어왔다.

 아저씨는 다테야마의 쇼핑몰에서 장을 본 모양이었다. 요리는 아저씨 담당. 우리는 완성된 요리와 식기를 테이블로 옮기는 일을 맡았다. 크로켓, 민스 커틀릿, 정어리 튀김은 전부 슈퍼에서 완제품을 사 왔지만, 양파를 잘게 썰어 넣은 타르타르소스는 손수 만들었다. 피자도 있다. 질냄비에는 정육면체 모양의 두부가 얼음과 같이 떠 있다. 고명으로는 양하, 차조기, 참깨, 가다랑어포가 올라가 있다. 생김새에 어울리지 않게 솜씨가 꼼꼼하다.

 네 시 정각에 건배를 했다. 우리는 탄산 주스, 아저씨는 맥주로.

 아저씨는 부엌을 등지고 창을 바라보면서 작업을 하지만, 밥을 먹을 때는 90도 오른쪽으로 이동한다. 시계로 말하면 노트북이 있는 지정석이 여섯 시 방향, 저녁 먹을 때는 세 시 방향으로 이동한다. 아저씨 오른쪽인 한 시 방향에 다이조, 열두 시 방향에 가에데, 열한 시 방향에 하루노, 열 시 방향에 내가 앉았다. 내 오른쪽 옆인 아홉 시 방향에는 자료가 산처럼 쌓여 있다. 밥 먹을 때도 정리는 안 하는 모양이었다.

아저씨는 먼저 입을 떼는 법이 없다. 그래도 질문에는 착실하게 대답해 준다. 그런 점이 우리 아빠와 비슷했다.

대화가 중단되는 일은 절대 없다. 다이조가 쉴 새 없이 지껄여대기 때문이다. 다이조는 먼저 묻지도 않았는데 우리가 합숙하는 목적을 떠들어대기 시작했다.

"그러니까 신인상을 노리고 있다는 말이죠. 물론 아직 초짜라서 도전하는 데 의미를 두고 있긴 하지만요. 또 연동해서 학교 문화제 때는 집필 과정을 공개할 예정이에요."

"재미있는 아이디어구나."

"꼭 보러 와 주세요. 문예부 추천 도서도 진열하거든요. 선생님 작품도 넣을게요."

"그렇게 대단한 작품도 아닌데 뭘. 그리고 선생님이라고 부르는 건 그만둬. 제발."

"네." 하며 다이조는 머리를 숙였다.

이번에는 가에데가 "저기요." 하면서 오른손을 살며시 들어 올렸다.

"데뷔작인 『웨일스의 비』는 어떤 소설이에요?"

그러자 다이조가 "아아!" 하며 김빠지는 소리를 냈다.

"그건 실례잖아. 죄송합니다, 이따가 정신이 번쩍 들도록 실컷 패 놓겠습니다."

가에데는 영문을 모르겠다는 듯 다이조를 쳐다보았다.

"작가한테 작품 내용을 묻는 바보가 어디 있냐? 묻기 전에 읽는 게 상식이지."

"죄송합니다."라고 가에데는 사과했다. 아저씨는 벌겋게 상기된 얼굴로 그저 웃기만 했다.

"괜찮다. 다이조는 순발력이 좋은걸? 부러워."

다이조의 어디에 감동했다는 건지, 도대체 뭐가 순발력이라는 건지 도통 이해가 안 된다. 나도 가에데가 던진 질문은 결례라고 생각한다. 아저씨에 대해서 좀 더 빨리 알아내려면 도서관에서 빌려서라도 『웨일스의 비』를 다 같이 읽어야 했다. 책을 읽고 나서 그 내용에 대해서 질문했더라면 저녁 식탁은 한층 더 무르익었을 것이다. 우리의 마음 씀씀이가 모자랐다.

"가에데의 질문을 무시하면 안 되지. 장르는 연애 소설이고, 제목 그대로 영국의 웨일스가 무대야. 약간은 팔렸어."

"죄송해요. 빨리 읽어 볼게요."

내 말에 아저씨가 미소를 지어 보였다.

"하루 일정은 어떤 식이에요?"

다이조가 물었다. 나도 궁금했던 참이었다. 프로는 어떤 방식으로 집필을 하는지.

"일곱 시쯤 일어나고. 네 시에는 저녁을 먹어."

단순하기 짝이 없다! 그래도 아침도 점심도 안 먹으니까 집필에 충분히 시간을 투자할 수 있겠지.

"밤에는 자료를 읽거나 책을 읽으세요? 아니면 구상을 짜거나?"

"아무것도 안 하고. 별을 바라보곤 하지."

"대단해요. 저물녘에는 작업을 마치시는군요. 저녁 먹기 전까지 보통 몇 장이나 쓰세요?"

"일정하지는 않아."

"지금까지 제일 많이 썼을 때는 몇 장이에요?"

"붓이 탄력을 받으면 한 20장?"

"지금은 어떤 작품을 쓰고 계세요?"

다이조의 질문 공세가 이어졌다. 아저씨는 계속 테이블에 붙어 앉아서 딱히 민폐라고 느끼는 것 같지도 않았다. 우리는 이미 배가 부를 대로 불러서 맘대로 차를 끓이고 있었다.

"그 트럼프 카드 특이하네요."

다이조만 계속 나불대고 있어서 이번에는 내가 질문했다. 노트북 옆에 놓여 있는 트럼프 카드. 자세히 보니 빨강과 검정 막대기는 다름 아닌 만년필 모양이었다.

"멋있지? 소설가협회에 들어갔을 때 받은 기념품이란다."

"작가가 아니면 손에 넣을 수 없는 물건이네요."

다이조의 눈빛이 초롱초롱해졌다.

"그럼, 환영하는 의미로 카드 마술 한번 해 볼까?"

아저씨가 트럼프를 손에 들었다. 우리는 열렬한 박수를 보냈다. 이어서 아저씨는 공책을 찢은 종이에 뭔가를 쓰더니 작게 접어서 다이조에게 내밀었다.

"아직 보면 안 돼. 자."

그러고는 재빠른 솜씨로 카드를 펼치더니 카드 다발을 둘로 나눴다. 다섯 장으로 된 낮은 산이 두 개 만들어졌다.

"이런 카드 다발을 파일이라고 해. 다이조, 둘 중에 하나 골라 봐."

"그럼 이쪽이요."

다이조는 왼쪽 파일을 손으로 가리켰다.

"이거 말이지?"

아저씨가 카드 위로 손바닥을 가져갔다.

"다이조, 아까 준 종이 펴서 읽어 봐. 예언이 적혀 있을 테니까."

다이조가 종이를 펼쳤다.

"'나는 5를 선택합니다'라고 적혀 있네요."

"그럼 네가 선택한 카드 다발을 손에 들고 앞면을 확인해 봐."

다이조가 카드를 뒤집었.

♠♥♦♣가 전부 5였다.

"말도 안 돼!"

다이조가 탄성을 질렀다. 굉장하다! 나도 같이 외쳤다. 가에데는 믿을 수 없다는 듯 호들갑을 떨었고, 하루노는 우연이냐고 묻기도 했다. 아저씨가 빙그레 웃었다.

"어떻게 알았어요?"

"지금 다섯 명이 있잖아. 그러니까 5를 선택할 거라 믿었지."

"정말이에요? 다른 쪽은요?"

다이조는 그렇게 물으면서 반대쪽 카드 다발을 확인했다. 모양도 숫자도 모두 제각각이었다.

어떻게 된 거지? 아무리 확률이 반반이라고는 해도.

"한 번만 더 보여 주세요."

"안타깝지만 예언은 한 번뿐이야."

"그럼 요령만 좀 가르쳐 주세요."

"무슨 소리야. 진짜 5를 고를 거라고 믿고 한 건데."

"아까 분명 카드 마술이라고 하셨잖아요?"

"다이조, 상당히 집요하구나. 그럼 직접 생각해 봐. 어쩌면 소설을 쓰는 데 참고가 될 수도 있으니까."

아저씨가 싱글싱글 웃고 있다.

"궁금해서 못 참겠어요. 부탁드릴게요. 가르쳐 주세요."

가에데가 응석을 부린다. "제발 부탁이에요." 하고 하루노도 밀어붙였다.

"너희, 입은 무겁겠지?"

"네!"

넷이 한목소리로 대답했다.

"이제 됐다." 하고, 아저씨가 등을 쫙 폈다.

"나도 입이 무겁거든. 그러니까 발설할 수 없단다."

다이조가 의자에서 미끄러졌다. 과장된 몸짓에 여자 셋은 폭소를 터뜨렸다. 재미있는 시간이었다. 머리를 맞대고 소설 기획 회의 할 때보다 훨씬 더.

"생각해 볼게요. 합숙 기간 내내 숙제라고 여기면서. 반드시 알아내고 말 거예요!"

다이조가 선언했다. 환영회는 열 시까지 계속되었다. 그 뒤로도 다이조는 계속해서 질문을 퍼부었다. 아저씨는 졸린 목소리로 대답을 이어갔다. 제대로 흥이 오른 두 사람을 남겨 두고 우리는 2층으로 올라갔다. 아저씨에 대한 궁금증은 다이조가 오늘 안으로 다 해결해 줄 테니까. 내일부터 우리는 온 힘을 다해 소설 쓰기에 돌입해야 한다.

8. 요리와 소설

여섯 시가 조금 못 되어 자명종이 우리를 깨웠다.

이 별장에는 에어컨이 없다. 그런 건 필요 없다. 시원해서 푹 잠들었다. 끊임없는 파도 소리를 들으며 여자 셋은 밤새 이야기꽃을 피우고 싶었지만, 어느새 잠에 곯아떨어지고 말았다. 다이조가 몇 시까지 아저씨와 어울렸는지는(어울려 준 건 아저씨겠지만) 몰라도 제시간에 일어나 있었다.

시간표는 정해져 있다.

6:00 기상·체조·청소·아침 식사 준비
7:00 아침 식사
8:00 집필·문화제 준비
12:00 점심 식사 준비
12:40 점심 식사·휴식
13:30 캐치볼

14:00 집필·문화제 준비
16:00 산책·장보기
18:00 저녁 식사 준비·샤워
19:00 저녁 식사
20:00 회의(집필도 가능)
23:00 취침

기상 후의 체조는 필수였다. 바다가 바로 옆이라서 더할 나위 없이 상쾌했다.

산 너머에서 아침 해가 떠오른다. 이른 아침의 새파란 도쿄만은 찬란하게 빛났다. 서쪽으로는 후지산이 보였다!

체조 자체는 딱히 특별하지도 않다. 평범한 스트레칭이다. 운동부 출신인 나에게 맡겨졌다. 온몸을 쫙 펴고, 목을 부드럽게 돌리고, 손발을 흔들흔들하다가 복식호흡으로 심호흡을 하면서 마친다.

바다에 뛰어들고 싶은 마음은 굴뚝같지만 꾹 참고, 곧바로 별장으로 돌아와 아침밥을 준비한다. 오늘 아침은 가에데가 당번이다. 나머지 셋은 방 청소를 한다.

메뉴는 토스트와 가에데가 심혈을 기울여 만든 오믈렛이다. 달걀 다섯 개로 만든 특대 오믈렛은 정말 맛있고 든든했다. 어째서 달걀이 다섯 개냐면, 아저씨 몫도 만들었기 때문이다. 아침밥은 건너뛴다는 말을 듣긴 했지만, 그래도 한 숟가락도 안 먹으면 몸에 좋지 않다. 이런 면에서 가에데는 재치가 있다. 하지만 아저씨는 통 일어날 기미가 보이지 않는다.

설거지를 마치고 나니 여덟 시가 조금 안 되었다. 방충망을 통해 들어오는 바람이 아직까지는 시원했다.

"그런데 어디에서 하지?"

노트북을 두 팔로 감싼 채 하루노가 물었다. 어디서 쓸 것인가. 책상으로 쓸 만한 건 테이블밖에 없다.

"아. 그거라면 허락받았어. 어제 저녁 먹을 때 앉았던 자리. 그쪽은 맘대로 써도 좋다고 하셨어."

"말이 된다고 생각해? 아저씨가 거기서 일하시는데?"

"나도 그렇게 얘긴 했는데, 오히려 같이 있는 게 좋으시대. 보는 눈이 있으면 게으름 피우지 않고 일할 수 있다면서. 집중하는 방법은 사람마다 다 다르잖아."

그래도 괜찮을까? 아니다. 그보다 문제는 우리에게 있었다. 프로를 코앞에 두고 글을 써야 한다니.

"우리한테도 아저씨가 같이 있는 편이 자극이 될 거야. 여자들이 쓸데없이 수다 떠는 일도 없을 테고."

"쓸데없이 입방정 떠는 건 바로 너야."

"기껏 이것저것 가르쳐 줬는데 은혜도 모른다니까."

"자기만족에 사로잡혔으면서. 한 번 입을 열면 다물 줄도 모르는 주제에."

"자자, 아침부터 입씨름 좀 그만하고."

가에데와 다이조가 아옹다옹하는 걸 하루노가 말렸다.

그렇게 해서 어제 저녁에 앉았던 자리가 우리의 지정석이 되었다.

드디어 시작이다. 다들 해변에서 체조할 때와 다른 옷으로 갈아입었다. 가에데는 감색 폴로셔츠, 하루노는 빨간색과 흰색이 섞인 라운드넥 셔츠, 나는 연노랑 티셔츠였다. 마음을 다잡기 위해 옷을 갈아입은 것이다. 다이조는 반팔 러거 셔츠 차림이다. 색깔은 밝은 빨강과 검정이다. 어쩐지 청춘 드라마에 나오는 코치 같은 느낌이다. 목에 호루라기를 걸기만 하면.

원고 쓰는 당번을 제외한 나머지 세 사람은 문화제 준비를 한다.

도미우라에 오기 전에 다이조가 새로운 제안을 했다. 우리는 소설을 쓰는 것만으로도 머리가 복잡해서 문화제를 완전히 잊고 있었다. 원고 쓰는 작업이 곧 문화제 전시 준비라고 생각하고 있었다.

"근데 그거 너무 무른 생각 같아서."

단골 패밀리 레스토랑에서 다이조가 말을 꺼냈다. 맨 처음에 가에데가 낸 '또 하나의 명작' 아이디어가 너무 아까우니까 그걸 살려서 문화제를 준비하자는 의견이었다.

'일본 문학 명작 10선'을 선정하고, 각 소설의 전환점을 찾아서 주인공에게 원작과 다른 길을 걷게 한다. 그렇게 했을 때 결말은 어떻게 달라질 것인가.

그걸 문예부 전시물로 삼자는 말이었다. 열 편(이미 정했다.)을 재독하고 전환점을 정하는 것도 어려운데 다른 결말까지 생각해 내야 하니 여간 어려운 작업이 아니다.

대신 결말은 직접 글로 쓰지는 않고 '이러이러하게 되지 않을까?' 정도로 운만 떼기로 했다. 명작에 마음대로 손을 대는 일은 엄두도 나지 않는다.

당연히 작품 줄거리도 적는다. 그 내용을 문화제 일주일쯤 전부터 커다란 모조지에 쓰고, 그걸 교실에 전시한다. 삽화도 같이 힘을 모아 그린다.

예삿일은 아닐 테지만, 아마도 문예부 역사상 최고의 전시가 될 게 틀림없다. 획기적인 발상이다. 여자 둘은 원고 쓸 차례를 기다리는 동안 '또 하나의 명작' 프로젝트를 진행해 간다. 꽤 알찬 스케줄이다.

다이조가 합숙 시작 전부터 이 작업을 진행해 온 터라 열 권의 책에는 쪽지가 잔뜩 붙어 있었다.

참고로 우리가 선정한 명작 10선은 다음과 같다.

『도련님』, 나쓰메 소세키

『설국』, 가와바타 야스나리

『기러기』, 모리 오가이

『은하철도의 밤』, 미야자와 겐지

『암야행로』, 시가 나오야

『도롱뇽』, 이부세 마스지

『인간 실격』, 다자이 오사무

『우정』, 무샤노코지 사네아츠

『시골 선생』, 다야마 가타이

『은수저』, 나카 간스케

작가들에게는 미안하지만, 이 중에서 내가 읽은 작품이라곤 『도련님』밖에 없다. 아니다. 『우정』도 읽은 것 같고. 『도롱뇽』도. 뭐야, 세 권이나 읽었잖아.

이 열 편을 정독해야 한다. 우리 부스를 방문하는 고 1이나 중학생들에게 질문이라도 받는 날에는 정확히 대답해 줘야 하니까. 그래서 나는 나머지 일곱 권을 합숙 기간에 전부 읽을 예정이다. 『도련님』, 『우정』, 『도롱뇽』도 재독한다. 눈코 뜰 새 없다.

하루노가 한창 머리를 쥐어짜며 글을 쓰고 있다. 우리는 소리 없는 응원을 보냈다. 들리는 건 파도 소리뿐이다. 텔레비전이 사라졌을 뿐인데 이렇게 작업이 술술 진행될 줄이야. 인터넷 사용도 금지하기로 했다.

한 시간 집중한 뒤에는 10분씩 쉬기로 했다. 화장실에 가거나 세수를 하거나 기지개를 켤 뿐 교실에서와는 달리 수다를 늘어놓는 일도 없다.

하루노는 세 시간 연속으로 컴퓨터 화면을 노려보고 있다.

열한 시가 지났을 무렵, 거실에 부는 바람의 흐름이 확 바뀌었다. 아저씨가 등장했다. 이제야 잠에서 깬 모양이었다.

어제와 똑같은 검은색 티셔츠와 흰색 반바지 차림이다. 머리에는 까치집이 지어져 있고, 티셔츠는 배꼽이 어디에 있는지 알 수 있을 정도로 말려 올라가 있었다. 보금자리에서 기어 나온 동물 같다고 할까. 겨울잠에서 막 깨어난 곰이 따로 없다.

"안녕히 주무셨어요?"

우리는 한목소리로 인사했다. 아저씨는 "그래."라고 짧게 대답하면서 오른손을 들어 보였다. 일곱 시에 집필을 시작한다는 말은 새빨간 거짓말이었다. 대책 없는 잠꾸러기였다.

다들 금방 자기 일로 돌아갔지만 나는 조용히 아저씨의 움직임을 관찰했다.

구부정한 자세로 느릿느릿 부엌에 들어가 냉장고 문을 연다. 물통을 꺼내 컵에 따르더니 단숨에 벌컥벌컥 들이킨다. 그 다음에는 커피 가루에 찬물을 붓고, 다시 전기 포트로 옮겨 담았다. 크게 하품을 하고 머리를 긁적이더니 이번에는 등을 박박 긁다가 휴지로 코를 푼다.

『도롱뇽』이 떠올랐다. 작품 첫머리에서 도롱뇽은 슬퍼하지만, 아저씨에게서는 딱히 슬픈 기색은 보이지 않는다. 천하태평이었다.

"얘들아! 커피 마실 사람?"

아저씨가 물었다. 우리 넷은 커피는 잘 마시지 않는다. 패밀리 레스토랑에 가더라도 블렌드 커피, 에스프레소, 카푸치노, 아이스커피 따위는 아무도 마신 적이 없다. 그런데 어쩐 일인지 하루노가 "저요!" 하며 손을 번쩍 들었다. 집필 작업에 활력을 불어넣으려는 걸까. 쫙 편 긴 팔에서 기합이 느껴진다. 누가 먼저라고 할 것도 없이 가에데와 다이조도 손을 들었다. 나도 덩달아 "저도 주세요." 하고 외쳤다.

좋은 향이 났다. 다이조가 눈치 빠르게 부엌으로 가서 쟁반에 커피를 담아 왔다. 휴식 시간이다.

아저씨는 의자에 몸을 맡기고는 머그잔에 따른 커피를 홀짝거렸다. 우리와 달리 블랙커피였다. 우리는 커피에 설탕과 우유를 넣었다. 향도 진하고 맛도 좋았다.

"이거 인스턴트커피 맞죠? 비싼 거예요?"

하루노가 물었다. 가에데랑 다이조도 고개를 끄덕이고 있다. 나도 그렇게 생각했다.

"평범한 인스턴트커피야. 맛있지?"

"엄청 맛있어요. 어쩌다 한 번씩 집에서 마시는 커피와는 맛이 전혀 달라요."

"비결이 있거든. 뜨거운 물을 붓기 전에 가루를 찬물로 녹이는 거야."

"그게 다예요?"

"인스턴트커피가 맛이 없는 이유는 텁텁한 가루 맛 때문이거든. 갑자기 뜨거운 물을 부어서 그래. 먼저 찬물로 가루를 녹여 두면 깔끔하게 해결돼. 화학인가 물리에 나오는 지식이지."

도움이 되는 이야기를 들었다. 확실히 텁텁한 뒷맛이 없다. 앞으로의 인생에서 인스턴트커피를 몇 잔이나 마실지는 몰라도 일찍 알게 돼서 다행이다 싶었다. 아저씨는 요리 감각이 뛰어나다. 몸매 관리와 패션 감각은 영 젬병이지만.

서둘러 점심을 먹고 우리는 오후에도 작업에 몰두했다. 이 별장이 대단히 좋은 곳이라는 사실을 합숙 둘째 날 확신했다.

딱 알맞게 시원하다. 바람이 멈추지 않는다. 거실은 넓고 다른 방보다 천장도 더 높다. 게다가 조용하다. 파도 소리만 들린다. 햇빛도 잘 든다.

뜻밖에도 모기 흔적을 찾아보기 힘들다. 모든 창문에 방충망이 달려 있고, 이틀에 한 번은 모기향을 피우긴 하지만. 그렇다 하더라도 모기는 어디선가 날아 들어오기 마련인데. 혹시 바다사자가 모기의 천적인 걸까.

네 시가 되었다. 하루노가 고군분투하고 있다. 휴식 시간도 반납한 채. 그래서 나와 가에데가 산책 삼아서 장을 보러 가기로 했다. 한 20분 떨어진 곳에 작은 슈퍼가 있다. 다이조는 남아서 목욕도 하고 저녁도 준비하기로 했다.

아저씨를 의심하는 건 아니지만, 여고생을 남자랑 둘만 남겨두는 건 좋지 않다는 다이조의 생각이 한몫했다. 장을 보러 간다고 하자 아저씨가 "차로 태워 줄까?" 하고 물었지만, 가에데랑 나는 동시에 고개를 옆으로 저었다.

분명 다테야마 쇼핑몰 쪽이 식재료도 더 다양하고 할인 상품도 있지만, 그렇게까지 신세를 지고 싶지는 않았다. 왜냐하면 오늘 아저씨는 기본적으로 아무 일도 안 했기 때문이다. 해가 중천에 떴을 무렵 일어나 물과 커피만 마시고 머리를 긁적이며 자기 자리에 우두커니 앉아 있을 뿐이었다. 키보드에 손도 한 번 대지 않았다.

그래도 괜찮으려나.

"슈퍼 가는 길에 두부 가게가 하나 있는데, 거기에서 두부 두 모만 사다 줄래?"

식은 죽 먹기보다 더 쉬운 일이다. 도미우라는 물맛이 좋아서 이 지역에서 만든 두부는 맛이 없을 리가 없다. 어제 저녁에 먹은 차가운 두부 요리도 그 가게에서 산 두부로 만들었는지도 모른다.

우리는 대답을 하고 별장을 나섰다. 심부름은 괜히 즐겁다. 곧장 도로로 나가지 않았다. 좀처럼 없는 기회니까 해안선을 따라 남쪽으로 걸었다. 적당한 곳에서 왼쪽으로 들어가면 슈퍼가 있는 도로가 나온다.

"하루노, 진짜 열심히 하네."

내 말에 가에데는 힘차게 고개를 끄덕였다.

"합숙하길 잘했어. 하루노가 노력하는 모습도 바로 곁에서 볼 수 있고. 분명히 혼자서 쓸 때보다 효과적일 거야. 다이조는 기본적으로는 괴짜지만, 기획력 하나는 인정해 줘야겠어."

나는 웃음이 났다. 맞는 말이다. 다음에는 가에데의 진지한 얼굴을 볼 수 있다. 그 다음은 나. 나는 나머지 세 사람의 눈에 어떤 모습으로 비칠까.

"나, 결정했어. 꼭 소설가가 되고 말 거야."

가에데가 말했다.

"왜?"

"바다사자 씨 좀 봐. 저런 사람도 소설가라고 하잖아? 참 편한 직업이야."

둘이서 하늘을 올려다보면서 큰 소리로 웃었다.

아저씨는 잽싼 손놀림으로 저녁밥을 만들었다.

"요리는 소설이랑 비슷하다면서요?"

다이조가 아저씨에게 말을 걸었다.

"비슷한 면이 있지. 뭘 만들지 결정해서, 재료를 준비하고, 적절한 순서로 만든다."

"진짜 그러네요. 같은 재료라도 요리사의 솜씨에 따라 맛이 좌우되잖아요. 소설을 쓰는 사람은 음식도 맛있게 만들 것 같아요."

"글쎄다. 역이 반드시 참은 아니니까."

다이조만 고개를 끄덕이면서 "수학의 명제에 나오는 역, 이, 대우 말씀이시군요."라고 말했다.

"텔레비전은 잘 안 보는데 요리 프로그램은 각별해. 맛있는 음식이 만들어지는 과정이 흥미진진하거든."

아저씨가 흐뭇해하면서 말했다. 별일이 다 있다. 다이조가 드물게 괜찮은 질문을 던졌다.

지금 우리는 소설을 쓰고 있지만 확실히 요리와 닮은 점이 있다. 만들어 본 적이 없으니까 솜씨가 서툰 건 당연하다. 그래도 지금껏 맛있는 음식을 꽤 많이 먹어 온 터라 머릿속에서 맛을 그려낼 수 있다. 노력하면 언젠가 분명히 훌륭한 요리를 만들 수 있다.

마찬가지로 좋은 소설을 머릿속으로 상상해 낼 수 있어야 한다. 우리에게는 그런 상상력이 부족하므로 소설을 더 많이 읽어야만 한다. 그런 의미에서 다이조가 제안한 '또 하나의 명작 10선'은 좋은 아이디어였다.

다시 한 번 더 진지하게 책장을 넘겨야겠다!

9. 스톱 & 고와 팥죽 소금

 합숙 사흘째, 화창한 여름날 아침이 밝았다.
 어젯밤 2층에 올라오고 나서도 하루노는 끈질기게 버텼다. 오늘 아침이 되어서야 원고는 가에데의 손에 넘겨졌다. 하루노, 수고했어!
 가에데도 의욕을 불태웠다.
 눈도 한 번 안 깜빡일 정도로 놀라운 집중력이었다. 그런 느낌은 공기로 전달되므로 다이조와 나도 신경을 바짝 곤두세운 채 오전 시간을 보냈다. 긴장이 풀렸을 하루노도 아무 말 없이 문화제 준비를 거들었다. 테이블을 둘러싸고 같이 노력하는 방법은 효과가 직방이었다.
 단지 아저씨만은 여전히 흐리멍덩하기만 했다.
 가에데는 작품에 공을 들였다. 테이블에 석양빛이 비칠 무렵 "다 됐다!" 하고 외치는 소리가 들렸다. 아침 여덟 시부터 쓰기 시작해서 중간에 잠깐 쉬고 오후 네 시 넘어서 원고를 완성했다. 이걸로 180장이 완성되었다. 릴레이 소설의 힘은 대단했다.

"수고했어. 굉장한 집중력이다."

아저씨가 두꺼운 손으로 악수를 청했다. 뭔가 멋진 광경이 분명한데, 오늘 아저씨는 어제보다 더 심하게 빈둥빈둥하기만 했다. 의자에 앉아 있는 시간도 별로 없었다. 산책하면서 구상이라도 짠 걸까?

다이조는 그때까지 하던 작업을 멈추고 가에데의 원고를 출력해서 밖으로 나갔다. 바닷바람을 맞으면서 원고를 읽고 싶다고 했다. 약 20분이 흐른 뒤에 돌아오더니 "기본적으로 합격."이라며 오른손으로 동그라미를 만들어 보였다.

자, 이제 내 차례다. 잔뜩 기합이 들어갔다. 원고를 받아 들고서 나도 밖으로 나갔다. 가에데 앞에서 읽는 건 좋지 않을 것 같아서.

은색 구체의 출현으로 판타지화되어 이야기가 순조롭게 진행되고 있다. 주인공 에루코가 의기소침해진 모습에서 현실감이 느껴진다.

적극적이었던 에루코가 마음이 갈기갈기 찢어지는 경험을 하고 나서 소극적으로 변한다. 평소 같았더라면 남자 친구인 겐지에게 따졌을 텐데 혼자서 넋을 놓고 있다. 반대로 에루코에게서 겐지를 빼앗은 가나가 이제 그만 겐지를 잊으라며 재촉한다.

말도 안 되는 상황 앞에서도 이성을 잃지 않고 침착하게 꿈이라고 받아들이려고 한다. 그렇게 된 이유는 은색 구체 때문이다. 구체의 등장으로 이야기는 술술 풀리기 시작했다.

"열 받아!"라고 썼다. 그렇지만 아무리 봐도 에루코는 화가 난 건 아니었다. "어쩌다 이렇게 됐을까?" 하며 의문은 품지만, 분노로 슬픔을 발산시키는 느낌은 아니다.

내 임무는 열 받는 상황을 설정하는 것이었다.

뭘 써야 할지는 분명하다. 저녁을 먹자마자 구상을 시작해서 가능하면 내일 오후에는 하루노에게 원고를 넘기고 싶었다. 그런데 손가락이 움직이지 않는다. 쓸 수가 없다. 한 글자도 써지지 않는다. 사람들이 옆에 있는 사실이 오히려 부담스럽다. 사람들의 존재가 마치 거대한 구체처럼 느껴졌다.

다음 날 오전 내내 고민은 계속되었다. 오후에 캐치볼을 마친 뒤 "다이조, 나 좀 봐." 하고 큰맘 먹고 말을 걸었다. 가에데와 하루노는 눈치를 챘는지 먼저 별장으로 돌아갔다.

뒤집어 놓은 보트에 걸터앉아 바다를 바라보면서 다이조에게 우는소리로 사정을 털어놓았다. 다이조는 눈이 시린 표정을 지으며 몇 번이고 고개를 끄덕였다.

"혼자 걱정할 시간이 있으면 망설이지 말고 상담해. 그게 합숙의 장점이니까."

다이조의 친절이 바닷바람을 타고 내 가슴에 스며들었다.

"집필이 순탄할 수는 없어. 바다사자 씨를 보면 알잖아."

"전혀 참고가 안 되는데?"

"네 말대로 에루코는 마구 악을 쓰는 캐릭터는 아니지. 그래도 순서에 맞춰서 열 받는 대목을 쓰고 싶은 거고?"

나는 고개를 끄덕였다. 바닷바람을 맞으며 다이조가 시원스레 웃었다.

"변증법으로 가자. 주인공은 성질을 부리지 않아. 그렇지만 분노를 표현하고 싶지? 그럼 어떻게 해야 할 것 같아? 주인공의 울컥하는 심정을 대변할 캐릭터를 만들면 돼."

"변증법이라고? 또 어려운 용어 쓰기 시작하네."

평소처럼 쉬운 말로 바꿔 보면 변증법은 '장점 취하기'가 된다. 처음부터 그렇게 말하면 될걸.

"흥미진진해졌어. 이게 바로 릴레이 소설의 장점이지. 가령 네 옆에는 가에데와 하루노가 있잖아. 나도 있고. 물론 가족도 있어."

"그래."

"연애나 동아리 활동에 대한 고민은 가족이 대변할 수는 없어. 역시 친구지. 그게 에루코가 겪는 괴로움이야. 단짝이랑 남자 친구를 동시에 잃어버렸으니까. 설정이 제대로야."

"그래?"

"전개가 고리타분하지 않잖아. 소 뒷걸음질 치다 쥐 잡은 격인지 몰라도 잘하고 있어."

"그래서? 대변하는 캐릭터는?"

"스스로 생각해. 이렇게까지 힌트를 줬으니까."

맞는 말이다. 나는 다이조의 긴 눈을 보면서 작게 고개를 끄덕거렸다.

주인공의 분노를 대변하는 캐릭터라. 축구부 부원이나 다른 반 동급생이 좋을까. 그건 확실히 아니다. 우정이라는 카테고리는 가나의 배신으로 이미 한 번 써 버렸다. 다른 대상을 찾아야 한다.

남자 친구도 친구도 가족도 안 된다면. 나는 고모의 웃는 얼굴이 떠올랐다. 내가 만약 주인공이라면 맨 먼저 고모를 만나러 갈 것이다. 그런 등장인물을 만들면 될까. 아니, 그건 좀 안이한 생각인지도 모른다.

"그리고."

다이조의 목소리가 생각의 끈을 끊어 버렸다.

"글솜씨 때문에 좌절하고 있지? 하루노나 가에데가 쓴 문장이랑 비교하느라."

다이조는 모르는 게 없다.

"멋스러운 문장을 쓰고 싶어?"

나는 고개를 옆으로 흔들었다. 불어오는 바닷바람에 머리칼이 가볍게 흔들린다. 마음은 전혀 가볍지 않지만.

"최소한 제대로 된 문장을 쓰고 싶어? 부끄럽진 않을 만큼?"

이번에는 인정했다. 다이조가 웃는다. 좀 전과는 다르게 왠지 부자연스러운 웃음이다.

"분명히 말하는데 주눅 들지 마. 문장력에서 분명히 차이가 나긴 해. 구체적으로 말하면 배려가 부족하고. 적절한 단어 선택 능력이 부족해."

아아. 확실히 말해 주니까 가슴에 확 와 닿았다.

"'만 엔 권 지폐는 자동판매기로 사 주세요' 같은 문장이 많은데. 알겠어?"

"만 엔짜리 지폐로 표를 살 때는 자판기로 사라는 말 아니야?"

"뜻을 묻는 게 아니라. 이 문장에서 어색한 부분이 어딘지 알겠냐는 말이야."

"단어가 부족해."

"제대로 고쳐 봐."

"만 엔짜리 지폐로 표를 사실 분은 자동판매기로 사 주세요?"

"모범 답안은 '만 엔짜리 지폐로 표를 사실 분은 자동판매기를 이용해 주세요'지. 뜻은 통하지만, 적합한 단어로 쓰지 않았어. 독자를 헷갈리게 하면 안 돼."

그런 문장이 많다. 나는 주인공처럼 기운이 빠졌다.

"문장력은 체력과 마찬가지라서 계속 쓰다 보면 향상되기 마련이야. 중요한 건 의식이지. 언제나 적절한 문장을 쓰겠다는 마음가짐 말이야."

"의식하면 점점 더 속도가 떨어지는데?"

"먼저 열 장 쓰기. 수정하기. 그걸로 충분."

응? 갑자기 말투가 이상해졌다. 마치 외국인처럼.

"일본어 문장의 어려움. 끝. 일본어는 끝이 단순."

"뭐야, 그 말투는? 바닷바람을 잘못 마셨어?"

"체언 종지법. 일부러 체언으로 끝낸 거라고."

체언 종지법?

"~다, ~이다, 우리말은 마침법이 다양하지 않잖아. 작가는 분명히 그 부분에서 고심할 거야. 작가의 배려와 재능이 나타나니까. 네가 애를 태우는 건 당연한 일이야. 그럼 어떻게 해야 좋을까? 모든 문장을 체언 종지법으로 쓰는 거야. 명사로 마치기. 동사도 명사형으로 마치기."

"그렇게 하면 훨씬 더 문장이 이상해지잖아."

"괜찮아. 마침법에 신경을 안 써도 되니까 추진력이 증가할 거야. 나중에 제대로 고쳐야지. 요리에 비유하면 다 완성됐을 때 간을 맞추는 느낌이랄까? 재료별로 간하는 일은 제쳐 두고 다 지지고 볶은 다음에 마지막으로 간을 맞추는 것."

"그래서 맛있을까?"

"요리를 잘하는 사람은 각 재료의 간이 모여서 어떤 맛이 될지 상상할 수 있어. 그게 안 되면 사소한 간은 무시하면 돼. 마지막에 맛을 보고 조절하는 거지."

나는 고개를 끄덕거렸다.

"예를 들면 말이야."

다이조가 일어서더니 전속력을 다해 별장으로 달려갔다. 그러고는 신문을 손에 들고 곧바로 돌아왔다.

"이거야, 이거. 최고의 샘플이 있더라고. 아니다. 최악이라고 해야 하나."

다이조가 손가락으로 짧은 신문기사를 가리켰다. 신작 노래 앨범을 추천하는 글이었다.

"읽어 봐."

나는 기사로 눈을 돌렸다.

2년 만의 신작. 타이틀의 의미는 '수많은 허그'. 다시 말해 포옹. 젊었을 때는 눈에 보이지 않았던 남녀의 미묘한 연애 감정 등을 블랙 뮤직 형식으로 만든 역작. 저절로 스텝을 밟고 싶어지게 하는 숨결.

"어때?"

다이조가 물었다. 뭐가?

"구역질 안 나?"

"그 정도는 아닌데? 그렇게 엉망진창이야?"

"전부 체언으로 끝난 문장이잖아. 글솜씨가 없어도 너무 없어. 이따위를 잘도 신문에 실었네."

"듣고 보니, 정말 형편없네."

"그래도 괜찮으니까. 우선 이걸 목표로 삼아서 써 봐. 나중에 확 뜯어고치면 돼."

"그럼 이게 어떻게 바뀌는지 한 번 고쳐 봐."

다이조는 고개를 한 번 끄덕이고는 빨간색 펜을 들고 신문에 쓱쓱 적기 시작했다.

"이렇게 하면 되려나."

사실상 2년 만에 신작이 나왔다. 타이틀의 의미는 '수많은 허그', 다시 말해 포옹이다. 젊었을 때는 눈에 보이지 않았던 남녀의 미묘한 연애 감정 등을 블랙뮤직 형식으로 만들어 낸 역작이다. 그 숨결에 저절로 스텝을 밟고 싶어진다.

"과연! 이게 훨씬 나아."

"그렇지?" 하며 다이조는 머리카락을 쓸어 넘겼다.

"처음부터 이렇게 쓰려면 시간이 걸리니까 우선은 전부 체언으로 끝나는 문장을 써 봐. 나중에 한 번에 고치면 전체적으로 균형을 맞출 수 있어. 계속해서 전진해야 하니까. 시험 삼아 해 봐."

구체적인 조언이 고마웠다.

'체언으로 끝내고 전진하기'니까 '끝내고 전진하기'. '스톱 & 고'라고 이름 붙였다.

"모처럼 이런 곳에 왔으니까 어깨 힘 빼. 등은 쫙 펴고. 계속 전진해."

나는 고개를 끄덕인 다음 종종걸음으로 별장으로 돌아왔다. 고맙다는 말을 하고 싶었지만, 지금은 '스톱 & 고'가 먼저다. 1초라도 빨리 테이블로 돌아가고 싶었다.

밤 열 시가 넘었다. 나는 노트북을 안고 1층으로 내려갔다. 거실에서 클래식 음악이 흘러나왔다.
'스톱 & 고'를 배운 다음부터 마음은 한결 가벼워졌지만, 그렇다고 술술 잘 풀릴 정도로 만만하지는 않았다.
밤이 깊었는데 아저씨는 아직 테이블에 앉아 있었다. 커피가 담긴 머그잔을 앞에 두고. 저녁을 먹은 다음부터 쭉 거기에 있었던 모양이었다.
"저……."
내가 입을 뗐다.
"여기 앉아도 돼요?"
지정석을 손가락으로 가리키며 물었다. "아!" 하며 아저씨가 고개를 들었다. 눈빛이 험악했다.
"배고파? 뭐 먹을래?"
"그게 아니라. 여기서 두 시간 정도 집중 좀 하고 싶은데요. 원고가 좀처럼 진행이 안 돼서."
아저씨는 "그렇구나." 하고 중얼거리면서 커피를 마셨다. 그런 다음 느릿느릿 일어나서 라디오를 껐다.

"죄송해요." 하고 내가 말했다. 피아노 소리가 사라지자 거실에는 갑자기 정적이 감돌았다. 파도 소리만 들려왔다.

밤에 듣는 파도 소리는 쓸쓸했다. 화면에 집중하고 있는 사이 한 시간이 쏜살같이 흘러갔다.

글을 쓰다 보면 시간이 눈 깜빡할 사이에 지나간다. 수업 시간이나 축구 연습할 때와는 정반대다. 한 시간 동안 겨우 열 줄밖에 못 썼다. 아니다. 열 줄씩이나 썼다고 긍정적으로 생각하는 게 좋을 것 같다. 나는 등을 펴면서 한숨을 내쉬었다.

"한숨 한 번 강력하구나."

아저씨의 목소리가 들렸다. 나는 고개를 들고 살짝 웃었다. 나름대로 집중하느라 아저씨의 존재를 잊고 있었다.

"글을 쓰다 보면 그럴 때가 있지. 늘 괴로움의 연속이긴 하지만."

나는 솔직하게 인정했다. 아저씨는 아까보다 더 눈이 충혈되어 있었다.

"다이조가 코치 역할이지? 꽤 괜찮은 녀석이니까, 다이조한테 의지해도 돼. 너희 문예부는 꽤 멋진 공동체야."

"공동체요?"

"같은 목표를 가진 사람들이 모인 집단. 학교, 학급, 동아리, 가족 등등. 풍요롭고 행복해지고 싶은 공동의 목표가 있지. 너희도 좋은 소설을 쓰고 싶다는 목표를 지닌 공동체잖아."

"그렇네요."

"공동체 만들기를 주제로 다룬 소설은 많아. 목표가 같더라도 사람은 성격도, 능력도 다 제각각이라서 척척 진행되지 않는 법이거든. 그건 소설의 커다란 주제란다."

"맞는 말씀이에요. 저는 정말 엉망이에요."

"나는 너희 소설에 관여해서도 안 되고 할 마음도 없어. 너희도 나한테 원고를 보여 주고 싶지 않을 테고."

그런 건 아니다. 글이 좋아지는 방법을 프로의 입을 통해 듣고 싶었다. 그렇지만 지금 상태로는 창피해서 보여 줄 수 없을 뿐이다.

"저기."

할 말이 정해지지도 않았는데 불쑥 말이 새나오고 말았다.

"정말로 좋아했던 고모가 서른 살에 세상을 떠났어요."

밑도 끝도 없이 이야기를 시작하고 말았다. 왠지 고모 이야기를 하고 싶어졌다. 아저씨에게 들려주고 싶었다.

"심근경색이었어요. 다이어트가 원인이었대요. 저는 너무 분했어요. 부모님도, 친척들도 고모가 멍청한 짓을 했다고 나무랐거든요."

"죽음이 너무 일러서. 분한 마음에 심한 말을 내뱉었을 수도 있어."

아저씨는 이중 턱을 살짝 끌어당겼다.

"그렇게 갑자기 죽어 버리면 어떻게 하냐고. 왜 무리하게 다이어트를 했냐고. 기름을 전혀 섭취하지 않았대요. 그런 게 몸에 좋을 리가 없는데."

"노력가였구나."

나는 고개를 끄덕인 다음 고모의 직업에 관해 이야기했다.

"고모는 운동선수들 사이에서 뭐라고 불렸니?"

"그냥 준이라고 불렸어요."

"자랑할 만한 일이구나. 프로 야구나 프로 축구는 남성 사회라서 여기자가 발을 붙이는 건 여간 힘든 일이 아니거든. 남자라도 성조차 기억 안 해 주는 경우도 많아. 이름으로 불렸다는 건 굉장한 거야."

아저씨는 스포츠와 전혀 인연이 없어 보였지만, 많은 걸 알고 있었다.

"머리가 좋고 센스도 있었겠지. 거기다 정도 많았을 테고. 프로 운동선수들의 마음을 잘 이해해 줬을 거야. 프로라는 사람들은 자존심이 센 만큼 비뚤어진 면도 많아. 강하면서도 약하고, 화려하면서도 초라하고, 서글서글하면서도 질투심이 세지. 그런 모순을 끌어안고 있거든. 그런 사람들을 허심탄회하게 털어놓게 하는 건 간단하지 않아."

"무척 다정했어요. 정말 좋은 사람이었는데."

"다정한 사람들 눈에는 많은 게 보이는 법이거든. 어쩌면 신경이 쇠약해졌을지도 몰라. 그래도 안 그런 사람들보다 백배는 더 멋있어."

"저는 이렇게 생각해요. 축구 선수나 야구 선수는 멋진 사람들이 많잖아요? 다들 노력가들일 테고. 대충하는 사람은 절대로 프로가 될 수 없으니까요. 그래서……."

나는 숨을 꿀꺽 삼켰다.

"고모한테 좋아하는 사람이 있었는지도 모르지."

아저씨가 말을 연결해 주었다. 나는 크게 고개를 끄덕였다.

"그래서 무리하게 다이어트를 한 게 아닌가 싶어요. 편의점 주먹밥에 든 기름 한 방울까지 조심하면서. 좀 더 적당히 하면 좋았을 걸 그랬어요."

"운동선수들은 민감한 문제도 툭툭 내뱉어 버리거든. 또 살쪘냐면서. 그냥 한 귀로 듣고 한 귀로 흘려버리면 되는데 성실한 사람일수록 진지하게 받아들이기 마련이지. 다음에 만날 때까지 몇 킬로그램 빼서 보여 줘야겠다고 마음먹으면서. 좋아하는 사람한테 그런 말을 들었다면 더욱더 그렇지."

"그럴지도 몰라요. 아저씨 말대로라면 저는 뭘 할 수 있었을까요? 아무것도 모르는 사실이 분하기만 해요."

나는 이야기를 계속했다. 처음으로 프로 축구 선수 연습에 따라갔던 이야기.

내가 초등학교 5학년이었을 때, 고모는 스물여섯 살이었다. 아빠는 형제 중 셋째였다. 큰아버지 댁에 친척들이 모였는데, 어른들은 무슨 일 때문인지 언쟁을 벌였다. 그때 고모가 나를 데리고 나갔다.

"야구랑 축구, 뭐가 더 좋아?" 하며 고모가 물었다. 축구라고 대답하자, 고모는 연습장으로 차를 몰았다.

어른들이 다투는 모습을 보여 주고 싶지 않아서였으리라. 나는 처음으로 축구 연습 장면을 보고 그 박력에 감격해서 축구를 시작하게 되었다. 그때 야구를 선택했더라면 어떻게 되었을까 하고 가끔 생각한다. 어느 쪽을 선택했더라도 고모와 사이좋게 지냈을 사실만은 변함없다.

아아. 하지만 만약에 내가 야구가 좋다고 말했더라면 그 후 고모의 운명은 달라졌을지도 모른다.

"끝까지 파고들어 봐. 골똘히 생각해 보고."

"끝까지 파고들다니요?"

"고모의 다정한 성격. 괴로움. 죽기 살기로 다이어트에 매달렸던 고모의 심정 말이다."

퍼뜩 정신이 들었다.

"이렇게 연습하고 있으니까, 언젠가 쓸 수 있는 날이 오면 좋겠구나. 공양이라는 말이 있어. 네가 최선을 다해 생각하고 쓴다면, 하늘에 있는 고모에게도 꼭 전달될 거야."

"네." 하고 나는 대답했다. 고맙다고 말하고 싶었는데. 잠시 침묵이 흘렀다. 내가 말을 꺼내지 않는 한 아저씨는 입을 열지 않는다. 그렇게 몇 분 동안 파도 소리만 들려왔다.

고모의 웃는 얼굴이 계속 내 머릿속을 맴돌았다. 여기에 고모가 있었더라면.

"미안하다."

아저씨가 작은 소리로 입술을 움직였다.

"좀 전엔 내가 너무 무신경했던 것 같구나."

나는 정신을 차리고 고개를 들었다.

"다 안다는 투로 말해 버렸네. 반성할게."

"아니에요. 괜찮아요. 좋은 이야기였다고 생각해요."

"용서해 주는 거냐?"

"용서할 것도 없어요. 이야기를 들어 주셔서 감사해요."

나는 머리를 숙여 인사했다.

"좋아!"

아저씨가 높은 목소리로 외쳤다. 나도 모르게 몸을 뒤로 젖혔다. 태도가 급변했다.

"이것도 인연이니까. 소설 쓰는 기교를 가르쳐 주지. 간단하면서도 효과는 확실한 방법이야."

효과가 확실한 소설 기교? 그런 마법이 있다면 구걸이라도 하고 싶다. 아저씨가 외치는 소리가 들렸는지 다이조와 가에데, 하루노가 내려왔다. 이 별장은 바람도 잘 통하고 소리도 잘 통한다.

"그럼, 다들 모였으니까 퀴즈를 하나 낼게. 네 명이니까 사지선다형으로 하마."

퀴즈라고? 소설 기교 퀴즈?

"어떤 소설의 한 장면이야. 남자 주인공이 호되게 실연을 당하고 마음을 달래기 위해 술집에 가는데, 집을 나서면서 책장에서 책 한 권을 뽑아서 나왔어. 그 책 제목은 뭘까?"
아저씨는 종이에 보기를 적기 시작했다.

① 『실연의 조언』
② 『슬픔이여 안녕』
③ 『쉬운 단식 건강법』
④ 『에도가와란포상을 받는 방법』

응? 도통 감이 오지 않았다.
가에데도 고개를 갸우뚱거리고 있다.
"문제의 의도를 잘 모르겠어요."
다이조의 말에 아저씨가 고개를 끄덕였다.
"설명이 부족했구나. 낙담한 주인공의 마음을 효과적으로 전달하는 소도구가 뭔지 묻는 문제야. 이런 사소한 데서 센스가 빛나는 법이거든."
"그런 거였군요. 재미있네요."
다이조가 말했다. 생각할 시간은 30초다.
효과가 확실한 기교라고 했으니까 ①번은 지나치게 식상하다. ③번은 논외. 말할 가치가 없다. ④번도 논점을 벗어났다. 객관식 문제는 뻔히 틀린 보기를 집어넣는다. ③번, ④번은 제외. 그럼 ②번이 답인가. 그렇지만 이건 너무 평범한 느낌이 든다.

소거법을 써서 ②번을 선택했다. 가에데와 하루노도 ②번을 골랐다. 다이조는 ③번. 무슨 생각을 하는 건지.

"잘했어. 다들 ①번을 선택하지 않은 게 좋았어. ①번은 재미도 뭣도 없으니까. 주인공의 입장이 돼서 생각해 봐. 술집에서 책을 펼쳐 봤자 머리에 들어올 리가 없어. 어차피 헤어진 여자 친구 생각만 나겠지. 그럴 때 무슨 책을 읽느냐는 문제였어."

"정답은요?"

"여기서 사용하는 건 '팥죽에 소금' 기법이다."

어처구니없다! 팥죽이 먹고 싶어졌다. 그러고 보니 첫날 아이스크림을 먹은 다음부터 단 걸 입에 넣은 적이 없다.

"정답을 말하기 전에…… 팥죽의 주제는 뭐라고 생각하나? 다이조."

"제일 강조하고 싶은 건 단맛이죠?"

잘했다, 하는 표정으로 아저씨는 다이조의 얼굴을 손가락으로 가리켰다.

"그렇지. 단맛이 주제야. 바로 팥의 단맛이지. 그걸 끌어내는 건 뭐지?"

내가 지명되었다. 팥죽에는 소금이라고 했으니까.

"소금이에요."

"그래. 소금이 단맛을 끌어내. 맛을 보고 단맛이 좀 더 필요할 때는 설탕을 넣어도 별로 효과가 없어. 단맛이 애매해지거든. 소금을 넣으면 팥의 단맛이 확 살아나. 수박에 소금을 칠 때도 마찬가지고."

"알았어요!"

다이조의 목소리가 흥분되었다.

"예전에 읽은 적 있어요. 슬픈 상황을 쓸 때는 슬프다는 말을 되풀이하면 할수록 슬픔이 줄어든다고. 슬플 때 밝은 장면이나 익살스러운 묘사를 넣으면 주인공의 슬픔이 더 깊이 표현된다고 하더라고요."

아저씨가 "바로 그거야." 하고 맞장구를 치면서 다이조의 얼굴을 가리켰다.

"다른 말로 '충돌기법'이라고 하지. 슬픔에 슬픔을 더하는 게 아니라 일부러 밝고 경박한 소재를 넣는 거야. 또는 화려하고 아름다운 것들. 예를 들면 상복에 진주라든가. 진주의 아름다움이 홀로 남은 여자의 슬픔을 더 깊게 만들지. 그럼 다시 퀴즈로 돌아가서."

주인공의 슬픔을 끌어내기 위한 밝고 가벼운 책이라면······ ③번 아니면 ④번이다.

"③번이랑 ④번. 둘 다 정답이다. 요점에서 벗어나도 괜찮아. 주인공의 슬픔이 돋보이면 돼. 금방 써먹을 수 있겠지?"

나는 "네." 하고 밝게 대답했다. 과연 프로는 달랐다.

"좋은 걸 배웠네. 현역에서 활약하시는 소설가한테 직접. 이런 건 흔한 일이 아니라고. 기미코, 힘 좀 얻었지?"

어쩐지 당장에라도 쓸 수 있을 것 같은 기분이었다. 주인공 에루코의 슬픔을 깊이 표현하려다 보니 옴짝달싹할 수가 없었다. 시의적절한 조언, 어쩌면 아저씨가 우리가 쓴 원고를 읽은 건 아닐까.

"이 원리는 다양한 표현 예술에서 사용하는 방법이야. 음악에서도 그래. 실연의 슬픔을 노래하는 가사에 밝은 멜로디를 붙이면, 도리어 전체적으로 더 슬픈 분위기가 돌지. 클래식에서도 마찬가지고. '유머레스크'를 들어 보면 중간에 엄청 쓸쓸한 느낌이 드는 부분이 있잖아. 그러니까 명곡인 거야. 제일 엉터리는 교가지. 그건 유쾌하지도 않아. 처음부터 끝까지 밝은 멜로디로 건전하기만 하잖아. 팥죽 단맛만 있고 소금이 안 들어가 있어."

노래나 소설에 그런 기교가 숨어 있었다니! 당연한 말이지만, 소설은 생각이나 하고 싶은 말을 그저 훌륭한 문장으로 쓰기만 하면 되는 게 아니었다.

정신을 차리고 보니 밤 열두 시가 지나고 있었다.

"영화도 똑같아. 소름 끼치는 살인 사건을 다룬 영화의 마지막 장면에서 탐정이 무대에서 사라지는 장면은 구름 한 점 없이 맑아. 처음에는 스토리가 너무 잔인해서 뒷맛을 좋게 하려고 일부러 밝게 마무리했다고 생각했는데, 착각이었어. 오히려 전체적으로 잔인한 느낌을 배로 만들기 위해 계산된 장면이었어. 영화감독은 늘 그런 효과를 생각하는 사람들이니까. 영화의 장면 전환에서 쓰는 방법을 소설에서 장을 바꿀 때 적용할 수 있지."

 아저씨가 매듭을 지었다. 가에데와 하루노와 나는 자리에서 일어나 깊이 고개를 숙였다.

 다이조만 의자에 들러붙어 있었다. "얼마 전에 본 영화에서도 '팥죽에 소금' 원리가 적용되어 있었어요."라고 중얼거리면서. 변함없이 끝낼 타이밍을 모르는 녀석이다.

 팥죽에는 소금. 도움이 되는 이야기를 들었다.

 평소처럼 우리는 살짝 말을 바꿨다. '팥죽 소금'이다.

 다음 날 아침, 좋은 생각이 번뜩 떠올랐다. 주인공의 분노를 대변해 줄 캐릭터는 주인공의 조상이다. 돌아가신 할아버지. 젊었을 때 축구 선수였다. 그 할아버지는 다혈질이라서 물불 안 가리고 덤벼드는 사람이었다.

 이 세상에 없는 사람이 어떻게 대변할 수 있냐고 묻는다면, 감초 역할로 설정하면 된다. 지금껏 심각하게 이야기가 진행됐으므로 할아버지를 '팥죽 소금' 캐릭터로 만들었다. 할아버지는 주인공이 은색 구체 바로 밑에 있을 때만 등장한다. 그때만 할아버지와 대화를 할 수 있다.

 이것도 판타지인 건 마찬가지지만, 지금까지 나는 이 소설 작업에서 수비를 주로 맡았기 때문에 슛을 한 방 날리고 싶어졌다. 골대를 벗어나도 좋으니까 강한 슛을 차고 싶었다.

이런 마음과 체언 종지법으로 계속 써 가는 방법인 '스톱 & 고'로 겨우겨우 열 장을 썼다.

문장의 끝을 세세하게 고친 다음 하루노에게 넘겼다. 하루노는 내 원고를 읽고 나더니 "강렬한 숏이네." 하며 웃었다. 내 마음을 읽은 걸까.

점심을 먹은 다음 테이블에 둘러앉아 이야기를 나누었다. 아저씨는 차를 몰고 장을 보러 가고 없었다.

"바다사자 씨 말이야, 괜찮을까?"

가에데가 물었다. 사돈 남 말할 처지가 아니란 걸 알면서도 내가 봐도 걱정이었다. 우리처럼 진지하게 컴퓨터와 씨름을 하는 일도 없고, 그렇다고 해서 자료를 읽는 일도 없다. 의자에 앉아서 말없이 생각만 할 뿐이었다.

"머릿속에 취재 노트가 있을 거야. 프로잖아."

"구상을 짜고 있겠지. 아니다, 그럴 때도 뭔가 메모는 하잖아?"

"전부 머릿속으로 해결하고 있는 게 분명해."

"아무리 좋게 생각해도 그렇게는 안 보이는데?"

모두가 웃음을 터뜨렸다. 이렇게 자기 이야기를 하고 있으니 지금쯤 아저씨는 쇼핑몰에서 귀가 가려운 걸 참고 있을지도 모른다.

"다이조, 아저씨 말인데, 뭐 하는 사람이야?"

"당연히 소설 쓰는 사람이지."

"안 쓰잖아. 책도 한 권밖에 안 냈고. 어떻게 먹고 살까?"

하루노 말이 맞다. 나도 그런 생각이 들었다. 별장에서 쭉 지낸다는 말은 다른 아르바이트도 안 한다는 말이니까. 아니면 아저씨가 엄청 부자라거나?

"아!" 하며 다이조가 고개를 끄덕였다. 과연 그런 이야기도 이미 들은 모양이었다.

"대필 작가 일도 하고 있대. 그건 벌써 스무 권 넘게 썼다던데? 또 신인상 응모작 감수하는 일도 하고."

"그게 돈벌이가 되는구나."

"글쎄. 대필 작가 일로 다양한 사람들을 만나서 얘기를 들을 수 있으니까 도움이 된다고 했어. 그걸 자기 소설에서 살릴 수도 있다면서."

이해했다. 이 세상에는 아저씨에게 맞는 일이 있었다.

"대필 작가 일을 하면서 틈틈이 소설을 쓴다는 말이구나."

"그 반대야. 소설 집필을 하면서 중간 중간에 대필도 하는 거지."

"저렇게 게으름을 피우니까 어느 쪽이 본업인지 모를 지경이야."

"어쨌거나 글만 써도 밥은 먹고 살 수 있네."

"뭐? 굴 맛이 쓰다고?"

또 시작이다. 말귀를 못 알아듣는 가에데. 그래도 다 같이 소리 내어 발음해 볼 정도로 '글만 쓰다'와 '굴 맛이 쓰다'가

비슷하긴 했다. 어쩌면 글을 쓴다는 건 쓰디쓴 작업일지도 모른다.

"하긴, 대신 글을 쓰는 건 여간 괴로운 일이 아닐 거야. 지금 가에데가 잘못 알아들은 건 드물게 깊은 뜻이 숨어 있는 거였어."

모두의 시선이 아저씨가 늘 앉던 자리로 향했다. 검은색 노트북이 놓여 있다.

"우리 저 노트북, 살짝만 들여다볼까?"

가에데가 운을 뗐다.

"안 돼. 그건 예의가 아니지. 우리를 믿으니까 노트북을 그대로 두고 나간 거잖아. 이런 상황을 두고 주머니를 뒤진다고 하는 거야."

"다이조, 어려운 말 쓰는 건 금지야."

"아무리 가까운 사이라도 들키고 싶지 않은 게 있는 법. 그런 걸 자극하지 않는 게 배려라고."

"주머니를 뒤지면 안 된다는 말? 그렇게까지 허풍 떨 일은 아니잖아? 단지 바다사자 씨가 쓴 문장을 읽고 싶을 뿐이야"

"책으로 확인하면 돼."

"그 전에 작가가 직접 쓴 생생한 원고를 보고 싶다고."

다이조와 가에데가 말싸움을 벌이는 사이 하루노가 쓱 일어나더니 아저씨 자리에 앉았다. 노트북을 열고 전원을 켰다. 과감한 행동이었다.

"앗!" 하고 다이조가 외쳤지만, 가에데와 나도 하루노 뒤로 재빨리 몸을 옮겼다. 그렇게 말하던 다이조도 옆으로 와서 자리를 잡았다.

문장이 나타났다.

10월이 되어도 더운 날이 있다. 한여름이라는 말을 들으니 시간이 역행하는 것 같아서 마음이 진정되지 않는다.

그렇게 계절을 벗어난 하루가 나는 싫지 않았다.

한낮에는 땀이 흐르기도 하지만 바람은 건조하다. 하늘은 높고, 비늘구름이 옅은 파랑과 잘 어울린다. 칠팔월은 하늘을 올려다보는 횟수가 적었다.

먼 곳을 바라보느라 목이 말랐는지 맥주 맛이 일품이다. 한여름에 마시는 맥주와 달리 알코올이 몸에 들어올 때의 발효하는 듯한 불쾌함이 없다. 날이 저물자마자 서늘해지는 탓에 맥주 대신 데운 술을 마시는 것도 자연스럽다. 나쓰와 마지막으로 맥주를 마신 것도 10월의 어느 더운 날이었다.

"이게 소설의 첫머리일까?"
"뛰어난 문장이다. 아저씨가 썼겠지?"
"당연하지. 아마 여기서 멈췄나 보네. 이 '나쓰'라는 사람과의 추억을 이어가는 대목에서 막힌 거 같은데."
"다이조, 이게 순수 문학이라는 거야?"

"아직 몰라. 한 글자 한 글자 긴밀하게 균형이 잡힌 느낌이 들긴 하는데. 그러고 보니 데뷔작 주인공 이름도 나쓰였어."

"『웨일스의 비』 말이지? 벌써 읽었어?"

"아직 읽진 않았는데. 검색해 보니까 광고 문구에 여주인공 이름이 나오더라고."

"이게 장편소설의 첫머리라면 두 번째잖아? 주인공 이름이 같아도 돼?"

"임시 캐릭터잖아. 등장인물 이름은 금방 결정될 때도 있지만, 좀처럼 결정되지 않을 때도 있거든. 계속 망설이기만 하면 진행이 안 되니까 우선 이름을 붙여 놓고 나중에 바꾸기도 해."

"어쨌든 바다사자 씨가 나쓰라는 이름을 좋아하는 건 분명해. 첫사랑일지도 모르지."

"조금밖에 안 썼지만 엄청 미인일 것 같은 느낌이야."

"아저씨와는 안 어울리는 느낌인데?"

"그게 소설의 장점이지. 주인공이 엄청난 미인이랑 사랑에 빠지든지 억만장자가 되든지 자유자재로 쓸 수 있어. 무한한 상상력은 최강의 무기야."

"왜 여기서 막혔을까?"

"나쓰의 이미지가 안 떠올라서?"

"반대 아닐까? 이미지는 확실히 그려졌는데. 진짜 나쓰가 생각나서 가슴이 새까맣게 탄 거야. 보기와는 다르게 로맨티

스트인지도 몰라."

"작가는 기본적으로 로맨티스트거든. 프랑스어로 소설을 로맨스라고 하잖아."

"이 다음 내용을 읽어 보고 싶어."

"다이조. 솔직하게 읽었다고 말씀드리고, 작품 구상에 관해서 물어보면 안 돼?"

"절대로 안 돼. 맘대로 주머니를 뒤진 일이 밝혀지면 진짜 큰일 날 거야. 한 번 열 받으면 무서운 사람일지도 몰라. 지금 좋은 관계를 유지하고 있잖아. 게다가 지금 우리는 다른 사람 일에 참견할 만큼 한가하지도 않아."

나는 다이조와 같은 생각이었다. 아저씨는 덩치는 크지만 뜻밖에 예민한 성격일지도 모른다.

문 쪽에서 엔진 소리가 들려왔다. 아저씨가 돌아왔다. 다이조가 "큰일 났다!"며 전원을 끄고 노트북을 닫았다. 그런 다음 각자 재빨리 원래 자리로 돌아갔다.

가에데는 빛의 속도로 현관으로 달려갔다. 가에데는 역시 눈치가 빠르다. 물건을 너무 많이 산데다 술도 몇 병 들어 있어서 혼자 옮기기 어려웠던 것이다. 부스럭부스럭하는 비닐 봉지 소리와 함께 아저씨와 가에데가 나타났다.

가에데가 기분 나쁠 정도로 생글생글 웃고 있다.

"괜찮다고 하셨어."라며 우리를 향해 손가락으로 동그라미를 만들어 보였다. 뭐지? 나는 영문을 몰라서 얼떨떨했지만,

감이 좋은 다이조는 헤벌쭉거리며 웃고 있었다.

"부끄러운 글을 보이고 말았구나."

식료품을 냉장고에 다 넣은 다음 아저씨가 테이블로 돌아왔다. 가에데가 입방정을 떨어 버렸다. 노트북을 열어 봤다고 짐을 옮기는 걸 도와주면서 아저씨에게 털어놓고 말았다.

"죄송합니다. 무신경한 행동이었습니다."

다이조가 일어서서 머리를 조아렸다. 아저씨는 눈을 가늘게 뜨고 머리를 가로저었다.

"이미 본 건 어쩔 수 없지."라며 노트북 전원을 켰다.

"소설 첫머리 부분이죠? 진짜 긴장감 넘쳤어요. 뒷부분도 읽어 보고 싶어졌어요."

"그렇게 말해 주니 기쁘구나."

"나쓰는 첫사랑 이름인가요?"

가에데가 괜히 들떠서 물었다. 아저씨는 "이건 허구야."라며 어리둥절해했다. 그래도 가에데의 질문 공세에 넘어가서 "첫사랑 이름을 붙였어."라고 자백하고 말았다.

"어쩐지 엄청 예쁜 사람일 것 같은 느낌이 들어요. 실제로도 그랬어요?"

"그래. 그랬어."

"예쁜 사람들이 의외로 아저씨 같은 타입이랑 사귀는 일이 많더라고요"

일 났다! 실례되는 말이 이어질 것 같은 이 예감! 한 번 시동이 걸리면 가에데는 멈출 줄을 모른다.

"겉모습보다 속마음이 중요하다는 거. 그런 의미에서도 현실감이 살아 있네요."

아저씨가 쓴웃음을 지었다. 캐릭터 인형의 여유 넘치는 웃음으로도 보였다.

"예쁜 여배우들이 못생긴 개그맨이랑 결혼하고 그러잖아요. 왜 그럴까 생각해 봤는데요. 차이가 별로 안 나서 그런 것 같아요. 예쁜 사람은 인기가 많으니까 자신감 넘치는 미남들만 다가오잖아요. 그런데 그 남자들이 속이 텅 빈 걸 보고 실망하죠. 잘생긴 사람들은 보통 그렇잖아요."

이쯤에서 가에데가 슬쩍 다이조를 쳐다보았다. 다이조는 눈을 동그랗게 떴다. 다이조의 눈이 동그랗게 되는 일은 거의 없다. 가에데의 도를 넘은 발언에 말문이 막히고 만 것이다.

"잘생기고 속도 꽉 차면 더할 나위 없지만요, 그런 경우는 드물잖아요. 그렇지만 못생겨도 사람이 좀 괜찮으면 뜻밖에 횡재를 한 기분이고요."

"가에데, 그건 실례라고."

다이조가 말했다. 그렇지만 아저씨가 다이조를 막았다.

"정곡을 제대로 찔렀구나. 미인은 매일 거울을 들여다보면서 자기 얼굴을 보니까 예쁜 얼굴에 질린 거야. 그래서 예쁜 건 자기 하나로 충분하다고 생각할지도 몰라."

하루노가 손가락으로 딱 소리를 내면서 "나이스!" 하고 외쳤다. 가에데의 이야기는 이론적이고, 재미도 없었다. 아저씨는 역시 어른이었다.

"그런데요, 아저씨. 역시 여주인공에게 첫사랑의 이미지를 불어넣으실 거예요? 필자의 마음을 강하게 반영하시면서?"

다이조가 화제를 바꿨다. 나도 다이조와 같은 편이었다.

"나쓰라는 사람은 물론 얼굴도 예쁘지만 마음씨도 고울 것 같아요."

"멋진 사람이었다."

뭐라고? '이었다'는 건 과거형이다. 그렇게 멋진 사람에게 차이고 다시는 만날 수 없는 것일까. 그래서 아저씨는 소설을 쓰는지도 모른다.

10. 다이조는 어떻게
소설을 좋아하게 되었을까?
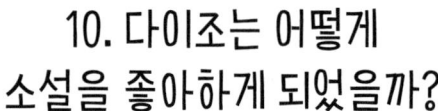

    오후, 별장과 바닷가 사이 도로에서 캐치볼을 했다.
    바다가 활기를 띠고 있다. 빛의 각도 탓인지 아침에 보는 바다보다 오후에 보는 바다는 색이 더 진하다. 파도가 밀려오는 곳에는 해수욕하는 가족들이 있고, 바다 한가운데에는 수상 제트 스키를 즐기는 그룹도 있다. 저 멀리 화물선도 눈에 들어온다.
    우리는 바다를 눈앞에 두고 바닷바람을 맞으며 캐치볼을 했다. 자동차 두 대가 겨우 지나갈 만한 좁은 도로라서 평소처럼 사각형 캐치볼은 불가능하다. 공 두 개로 둘씩 평범하게 공을 주고받는다. 나는 가에데와 짝이 되고, 다이조는 하루노와 짝이 되었다. 나와 다이조가 나란히 섰다. 도쿄만으로 들어가는 화물선을 곁눈질하며 공을 던지고 받았다. 햇볕은 뜨거워도 바람은 상쾌했다.
    "맞다. 다이조한테만 안 물어봤네. 계속 잊고 있었어."

"뭔데?"

"어째서 소설을 그렇게 좋아하게 됐어?"

"아닌 밤중에 홍두깨 격이네. 그냥 집에 책이 많이 있다 보니 자연스럽게."

"진짜 시시하네. 아, 미안!"

또 폭투를 던지고 말았다. 가에데의 작은 등이 멀어져 간다.

"나도 모르는 사이에 독서광이 되어 있었어. 멋있지?"

"글쎄. 가에데도 하루노도 나도 다들 뭔가 사정이 있어서 문예부에 들어오게 됐잖아. 너는 부장이니까, 꾸며낸 말이라도 좋으니 좀 더 흥미로운 이야기를 해 주길 바랐어. 소설은 거짓말을 잘 만들어 내는 예술이라고, 매번 자기 입으로 말했으면서."

탁, 다이조의 글러브에서 소리가 났다. 하루노가 공을 던지는 힘도 몰라보게 세졌다.

"내가 압도적으로 1위일걸?"

"어디 한 번 털어놔 봐."

"독서광이 안 됐더라면 소년원에 들어갔을지도 몰라."

뭐라고? 나는 가에데가 던진 공을 놓치고 말았다. 오랜만에 전속력으로 공을 따라갔다가 전속력으로 돌아왔더니, 셋은 캐치볼을 그만두고 모여 있었다.

"폭탄 발언이 들리는데 태평스레 캐치볼이나 하고 있을 수가 있어야지."

우리는 해변으로 가서 뒤집혀 있는 보트에 앉았다.

"새삼스럽게 할 이야기도 아닌데."

"모순이야. 네 입으로 직접 압도적이라면서?"

다이조는 고개를 한 번 끄덕이고는 멀리 후지산 쪽을 바라보면서 이야기를 꺼냈다.

"초등학교 때 학급 붕괴가 유행이었잖아. 우리 반도 그랬어. 아니, 내가 붕괴됐어. 수업 시간에 막 돌아다녔거든. 당시에는 그런 애들이 많아서 수업을 진행하는 선생님 말고도 보조 선생님까지 있었어. 나는 보조 선생님한테 성질을 부렸어. 그게 3학년 때였나. 4학년이 돼서도 상태가 달라지지 않아서 학교에서 부모님을 불렀어. 아버지는 힘이 남아돌아서 그렇다고 느긋했지만, 엄마는 걱정하더라고."

우리는 평소와는 달리 가만히 다이조의 이야기에 귀를 기울였다.

"그때 선생님이 독서를 권해 주셨어. 처음에는 1분 동안 집중해서 글자를 눈으로 좇으라고 했어. 시간을 점점 늘려가는 거지. 한 시간 집중할 수 있으면 수업에도 집중할 수 있을 거라고. 매일 엄마랑 같이 연습했어. 엄마의 간절한 마음이 통했는지, 아니면 본래부터 책을 좋아하는 자질이 있었는지 모르지만 한 시간 동안 집중할 수 있게 됐어. 그랬더니 엄마가 얇은 책 한 권을 읽어 보라고 하더라고. 다 읽으면 엄마가 칭찬해 줬어. 과자랑 홍차도 준비해 줬고. 같이 차를 마시면서 감상을 이야기하곤 했어. 그러다 책을 좋아하게 됐어."

"멋진 어머니시다. 분위기를 만드는 것도 세련됐고. 네가 책을 읽는 동안 쭉 같이 있어 주셨지?"

"엄마도 같이 책을 읽었어. 덕분에 책을 많이 읽었다고 하셨거든."

"좋은 어머니시네."

"어느 순간부터는 엄마가 읽은 책을 나도 읽고 싶어지더라고. 서로 감상을 나눌 수 있으니까."

"독서광이 된 건 이해했는데. 근데 왜 하필이면 소설에 빠졌어? 너는 아무리 봐도 보통 책벌레랑은 다르잖아."

"예를 들어 『은하철도의 밤』을 읽잖아. 내가 느낀 점이 어쩌면 독선일지도 모른다는 의문이 생겼어. 다행히 명작을 해설해 놓은 책이 있어서 그냥 닥치는 대로 읽었어. 감상 정답을 찾는 심정으로. 그중에는 『소설을 쓰는 방법』 같은 책도 있었는데, 명작의 서술 특징이라든가 뛰어난 대목 같은 걸 해설한 책이었어. 그게 재미있더라고. 같은 작품을 다루더라도 책에 따라 해석이 다른 거야. 예를 들면, 아쿠타가와 류노스케의 『라쇼몽』. 그 유명한 마지막 한 문장을 '훌륭한 여운'이라고 절찬하는 책도 있는 반면, '쓸데없는 사족'이라고 딱 잘라 말하는 책도 있었어. 뭐가 맞는지 궁금했어."

다이조가 숨을 삼킨다. 바닷바람이 머리카락을 흔들어서 성가셔 보였다. 늘 그랬듯이 오른손으로 머리카락을 쓸어 넘긴다.

"『라쇼몽』의 마지막 문장이라니?"

"몰라? '머슴의 행방은 아무도 모른다.' 말이야."

"그런 걸 누가 알겠어?"

"한번 읽어 보면 좋을 거야. 기미코, 너도 나름대로 생각해 봐야 해."

"넌 어떻게 생각하는데?"

"사족이라는 말에 한 표를 던지고 싶어. 바로 앞 문장이 '밖에는 단지 칠흑같이 어두운 밤이 펼쳐져 있을 따름이었다.'니까. 그걸로 확실히 맺어졌잖아."

'아', 신음소리를 낼 수밖에 없다. "읽어 보고 싶어!"라며 가에데가 외쳤다.

"읽고 싶다는 생각이 들면 당장 읽어 봐. 명작은 당연히 읽어야 하고, 졸작도 읽을 필요가 있어. 안 읽으면 좋은지 나쁜지 분간을 못 하니까. 읽는 게 이기는 거야."

다이조의 어조가 강해서 가에데는 반론을 펴지 않았다. 또다시 독무대가 시작되었다.

"그런 해설서를 많이 읽으면 새로운 사실을 접할 수 있어. 소설을 읽는 동안 여러 가지 기교가 눈에 들어와. 술술 잘 읽히는 소설에는 읽기 쉽게 만드는 기교가 숨어 있어. 지문에서 대화로 옮겨갈 때의 기술, 화자를 독자에게 잘 이해시키는 방법, 장면 전환의 비결 같은 거. 그걸 알면 소설이 열 배는 더 재미있어지거든."

그래서 소설 기법을 꿰뚫게 된 거구나. 고 2치고는 혀를 내두를 정도라서 우리는 내심 이상하다고 생각했다. 그렇지만 지금 이 설명으로 충분히 이해했다.

"계속 궁금했던 게 있는데."

"뭔데?"

"그쯤 되면 보통 소설을 한 편 쓸 만도 하잖아?"

"으음." 하고 다이조가 고개를 끄덕였다. 눈에 띄게 동요하는 게 보였다.

"예가 적절한지 잘 모르겠지만. 어릴 때부터 야구를 좋아해서 규칙, 역사, 선수 정보까지 훤하게 됐어. 동경하는 투수가 있어서 당연히 야구팀에 들어갔다가 갑자기 코치가 됐어. 너 꼭 그런 느낌이잖아?"

"저마다 맞는 일과 안 맞는 일이 있는 법이니까. 나는 최고의 편집자가 될 거야."

"좀 이상하지 않아? 기미코, 축구에서는 부상이 안 나아서 코치로 전향하기도 하지?"

"응. 나처럼 깨끗하게 손을 떼는 사람도 있고."

"수상해, 다이조. 네가 늘 말했잖아. 이야기의 흐름이 부자연스러우면 안 된다고. 네 행동이야말로 부자연스럽잖아."

하루노도 거들었다. 늘 그렇듯이 다이조가 열세에 몰렸. "공격력이 센 팀은 역공에 약하다."라는 말을 자주 하듯이 다이조는 소설에 대한 지식은 해박해도 추궁을 당하면 금세 꼬리를 내려 버린다.

"거짓말이지?"

하루노가 큰 키를 앞으로 내밀면서 물고 늘어졌다. 다이조는 몸을 뒤로 젖혔다.

"써 본 적 없다는 말 거짓말이잖아? 사실 써 봤잖아?"

다이조가 턱을 당기며 입술을 부르르 떨고 있다. 부정도, 긍정도 아니다.

"쓰긴 썼는데 엉망이었잖아? 그래서 좌절하고 상처 입은 축구 선수처럼 코치가 되기로 마음먹은 거잖아?"

하루노 전매특허인 '~잖아 ~잖아 공격'이다. 가에데와 다르게 집요한 구석이 있다.

"소설 같은 거 써 본 적 없어."

"같은 거라고? 소설한테 실례잖아."

"지금 말한 '같은 거'는 달라. '소설을 쓰는 대업 같은 거'라는 뜻이야. 존경의 의미라고."

"억지는 그만 부리고 빨리 자백이나 하시지. 우린 한솥밥 먹는 동료잖아. 캐치볼로 영혼의 교감을 나누는 사이라고. 어떤 소설을 썼어?"

"안 썼다고, 안 썼다고 했잖아. 응모 같은 것도 한 적 없고."

"다이조, 드디어 걸려들었어!"

하루노가 왠지 기쁜 듯이 말했다.

"신인상에 응모했구나."

다이조가 푹 고꾸라졌다. 그러고는 지금까지 왼손에 끼고 있던 글러브를 벗었다. 우리 셋은 서로 눈빛을 교환하면서 소리 없이 웃었다. 마치 취조실 같다. 다이조는 용의자, 여자 셋은 형사.

"다이조, 솔직히 말해 봐."

하루노의 부드러운 말투 때문인지 다이조는 다시 입을 놀리기 시작했다.

"중 3 여름이었어. 입시 공부하면서 틈틈이 단편을 써서 문예 잡지 신인상에 응모했어."

"그래서? 떨어졌어?"

다이조가 힘없이 고개를 끄덕였다.

"몇 차? 1차? 2차? 그 다음은 최종이지? 1차는 통과했어?"

"1차에서 떨어졌어."

"그게 뭐야."

"엉망이었어. 나는 한 번 들뜨면 통제가 안 되는 편이거든."

"알지, 잘 알지."

"반 애들한테도 신인상에 응모했다고 소문내고 다녔어. 진짜 멍청했지. 상을 받을 거라고 믿어 의심치 않았거든. 상금이 100만 엔이니까 다 같이 스이포라에 가자고 약속까지 했어."

스이포라는 시내에 있는 이탈리안 뷔페 레스토랑이다. 파스타나 피자도 맛있지만, 50가지가 넘는 디저트가 정말 기가 막히게 맛있다. 값은 다소 비싼 편이지만.

"그런데 1차도 못 붙었어. 힘이 쫙 빠지더라고."

"그래서 바로 코치로 바꾼 거야? 어쩜 그렇게 끈기가 없어? 당장 다른 신인상에 응모했어야지."

옆에서 듣고 있자니 말이 지나치다는 생각도 들었지만, 가에데의 악의 없는 시비는 오히려 상처가 아무는 데 도움이 될지도 모른다.

"그래, 다이조. 너답지 않게 포기가 너무 빨랐어. 시험공부 때문에 어쩔 수 없었겠지. 1차 탈락 결과가 나온 건 가을쯤이었지?"

다이조는 고개를 끄덕이다가 다시 고개를 옆으로 흔들었다. 모순으로 가득 찬 행동이다.

"사실은 금방 연내 마감인 다른 신인상에 응모했어."

"와우!"

셋이 동시에 외쳤다. 다이조, 끈기 한 번 대단하네!

"그래서? 이번에도 1차 탈락?"

다이조가 아랫입술을 뒤집으며 고개를 끄덕였다. 풀이 죽는 게 바로 보였다.

"나 진짜 멍청해서 애들한테 또 다 떠들고 다녔어. 이번엔 꼭 붙을 거라고. 양치기 소년이 따로 없었지. 그때 반성했어. 다시 한 번 침착하게 독서를 하고, 소설 기법을 철저히 공부하기로 마음먹었어. 그렇게 해서 여기까지 왔어."

"그런데 두 번째 응모 마감이 연내였다면서? 그럼 입시 공부는? 소설 쓰느라 공부도 못 했을 거잖아?"

"응모부터 끝내고 나서 공부했어. 소설이 우선이었지."

"끈질기네!"

"그러니까 우리 학교 같은 데밖에 못 왔지."

열 받는다! 지금의 '같은 데'는 확실히 무시하는 의미다.

"알았어. 사정 청취는 이 정도면 되겠지? 기미코, 어때?"

가에데의 질문에 나는 생글생글 웃으며 고개를 세 번 끄덕였다. 다이조를 둘러쌌던 여러 가지 수수께끼가 풀리자 기분이 바닷바람처럼 상쾌했다.

"근데 다이조, 성적이 바닥이었잖아? 그런데 우리 학교에 들어올 정도로 오른 건 다 소설 덕분이잖아? 그것도 나쁘지 않은데?"

하루노가 깔끔하게 정리했다. 슬슬 별장으로 돌아갈 시간이다. 한 가지 물어보는 걸 깜빡했다. 다이조가 쓴 소설의 내용 말이다.

그렇지만 아량을 베풀기로 마음먹었다. 안 그래도 몹시 기가 죽어 있는데 그것까지 캐묻는 건 너무 잔인하다. 지금은 그냥 참기로 했다. 주머니를 뒤지지 않는다는 건 이럴 때 하는 말 아닐까.

11. 포기하지 않으면
실패란 없다

합숙 마지막 날에는 비가 내렸다. 여기 오고 나서 아침부터 본격적으로 비가 내리는 건 오늘이 처음이다. 저녁 무렵에 한 차례씩 내린 적은 몇 번 있었지만.

오후 다섯 시 이십 분에 가나야 항에서 출발하는 도쿄만 여객선으로 구리하마로 돌아간다. 얼마 안 되는 거리라도 배로 바다를 건너는 건 기분이 색다르다. 항구까지는 아저씨가 차로 데려다주기로 했다.

열흘이 순식간에 지나갔다.

소설은 세 바퀴가 진행되어서 한 사람당 30장씩 썼다. 전부 180장이다. 합숙으로 얻은 성과는 컸다. '아이 포인트', '분할', '스톱 & 고', '팥죽 소금'. 주뼛주뼛하면서도 기교를 써 보면 막혀 있던 이야기가 확실히 진행된다.

한편으로는 문화제 전시물 준비도 꽤 진전되었다. 파도 소리를 들으면서 명작 열 편을 독파했다. 제일 재미있었던 작품은, 없었다. 솔직히 말해서 재미있다는 생각은 안 들었다. 훌륭한 문장이라는 느낌만 받았다. 다이조의 입버릇이 '소설은 묘사다.'여서 작품의 묘사 부분을 주의 깊게 읽었다. 마음에 드는 묘사에는 빨간색 펜으로 줄을 그어 두었다. 가장 줄을 많이 그은 건 『은하철도의 밤』이다.

비 때문에 마지막 캐치볼은 중지되었다. 점심으로 아저씨가 프렌치토스트를 만들어 줬다. 벽에 장식할 법한 커다란 접시에 트럼프 카드 크기의 토스트가 산처럼 쌓여 있었다. 황홀한 맛이었다. 지금까지 먹은 그 어떤 프렌치토스트보다 맛있었다. 뭐가 다른 걸까. 품격 있는 단맛이다. 제대로 자르지 않아서 빵 모양은 다 달랐지만.

아저씨에게 "왜 이렇게 맛있어요?"라는 질문이 쇄도했다.

"빵이 맛있거든. 이 지역에서는 유명한 빵이야. 한 통 사서 냉동실에 넣어 뒀지."

"달걀을 풀어서 우유랑 설탕을 넣고 빵을 적신 다음 버터로 굽는 거죠?"

하루노가 물었다.

"설탕은 안 들어가. 버터 대신 올리브유로 굽고."

"그런데도 이렇게 달아요? 밀가루의 단맛인가 봐요."

"중요한 걸 깜빡했구나. 빵을 적실 때 소금을 넣어. 그러면 빵의 단맛이 살아나거든."

또 나왔다! 팥죽 소금! 프렌치토스트에도 소금이다.

우리는 서로 얼굴을 마주 보았다. 그렇지만 당사자인 아저씨는 자기가 무슨 말을 했는지 눈치 못 챈 모양이었다.

"후추를 뿌리고 파슬리로 장식하면 화이트와인이랑 잘 어울려. 밀가루를 넣은 오믈렛이라 할 수 있지. 비 내리는 오후라 오늘은 벌써 한 잔 하고 싶구나."

"안 돼요. 이따가 운전하셔야 하니까요."

"하루 연기하면 되지. 내일은 분명 맑을 테니까 여객선에서 석양도 볼 수 있을 거라고."

"마음은 굴뚝같지만, 여러 가지 일정이 있거든요."

"어쩐지 미련이 남는구나. 오늘 밤엔 파티하자."

이 아저씨, 건망증인가? 어제 그렇게 성대하게 튀김 파티를 해 놓고는. 메밀국수를 삶고 아저씨가 만든 생선 튀김을 올려서 튀김 메밀국수를 해 먹었다. 야채도 끊임없이 튀겨냈다. 양하 튀김이 생각보다 맛이 괜찮았다. 아저씨는 튀김을 안주 삼아 일본술을 한 되나 들이켰다.

"어쩔 수 없지. 인생은 이별의 연속이니까. 소설 열심히 쓰고."

아저씨가 아쉬움을 담아 말했다.

"전에 말한 '팥죽 소금' 기억하고 있지?"

우리는 다 같이 고개를 끄덕였다. 팥죽 소금. 안 그래도 지금 그 생각을 하고 있었다.

"다른 말로 '충돌 기법'이라고 말했지? 그건 훨씬 더 큰 의미가 있어."

다이조가 등줄기를 쫙 폈다. 나도 다이조를 따라 했다.

"소설은 그 자체가 '충돌 기법'으로 만들어져 있어. 소설이란 거짓을 쓰는 거잖아."

"네." 하고 다이조가 시원시원하게 대답했다.

"거짓말을 성공시키기 위해서는 세부 내용을 현실감 있게 써야 한다. 거짓을 실감 나게 만들기 위해서 진실을 써야 하는 법이지. 세부 내용을 대충 쓰면 소설 전체가 현실감이 사라지거든. 예를 들면, 미스터리를 쓴다고 쳐. 고립된 섬에 모인 사람들이 차례차례로 죽어 가. 그건 큰 거짓말이지. 그 설정을 성립시키기 위해 세부 내용을 현실감 있게 묘사해야 해. 이 상황에서는 사람의 심리가 그렇지. 시체가 계속 노출된 상태로 방치되어 있으면, 현장 보존을 해야 한다는 생각에서라도 시트 정도는 덮어 주고 싶어지잖아. 그게 현실감이 느껴지는 사람의 심리지."

"설정은 엄연히 거짓이라 하더라도 사람의 심리에 현실성이 없으면 안 된다는 말이죠? 도움이 됐어요. 지금 우리도 작품에서 커다란 거짓말을 하고 있으니까요."

다이조의 마지막 대사는 우리를 향한 말이었다.

"마지막으로 하나 더."

아저씨가 정색을 하고 말을 이었다.

"뭐가 실패냐 하는 문제인데. 기미코한테 물어볼게. 축구에서는 시합에서 지는 걸 실패라고 하지?"

나는 프렌치토스트를 찔렀던 포크를 접시에 내려놓았다.

"패배는 분명히 실패라고 생각해요. 그렇지만 그 전에 전략이나 컨디션 조절에 실패할 때도 있어요."

"그럼 성공이란 승리를 말하는 건가?"

"네." 하고 나는 대답했다.

"실패를 반성하고 연습을 되풀이하면 성공할 수 있다. 스포츠는 그런 면에서 간단명료해서 좋아. 그럼 소설은 어떨까? 소설에서 말하는 실패란 뭘까?"

"엉망으로 쓰는 거?"

"틀렸어." 하고 아저씨가 대답했다. 미소가 부드러웠다.

"엉망진창인 원고나 심한 지적은 좋은 소설을 향해 전진하는 거다. 성공을 향하고 있는 거지. 다이조, 뭐가 실패한 소설이지?"

"성공을 향해서 나아가지 않는 거니까, 포기하는 건가요?"

"맞다. 포기하는 것. 포기하는 그 시점에서 바로 실패다. 다들 맘대로 포기하면서 자멸해 버리지. 반대로 말하면, 아무리 막막해도 포기하지 않으면 실패란 없어. 내가 좋아하는 여류작가가 이런 말을 했어. '꿈이 너를 버리지 않았다. 그저 네가 꿈을 버릴 뿐이다.'"

"적은 바로 자기 자신이라는 말이네요?"

"포기하지 않으면 자기 자신은 아군이다. 적은 어디에도 없다."

"적이라고 하면, 죽이고 싶을 만큼 얄미운 편집자가 있다고 하셨잖아요?"

"언제 그런 말을 했지?"

아저씨가 쓴웃음을 머금었다. 다이조와 둘만 남았을 때 그런 얘기를 했나 보다.

"작품을 더 잘 만들려고 작가와 편집자의 혼이 부딪치지. 어깨가 부딪치기만 해도 옥신각신하는 법인데 혼이 부딪치면 뭐 말 다했지. 편집자는 작가의 귀에 거슬리는 말도 해야만 하지. 그래도 '여기 이 부분은 통째로 없애야겠어요.'라는 말을 들으면 역시 버럭 하는 법이거든. 심혈을 기울여 쓴 원고라고."

아저씨는 몸을 뒤로 젖히면서 호탕하게 웃었다.

"열을 받는 것도 자기 안에 있는 적 때문이지. 소설 집필에 적은 필요 없어. 편집자는 작품을 더 좋게 만들어 주는 최고의 파트너니까. 다들 다이조한테 고마워해야 해."

이번에는 다이조가 쓴웃음을 지었다.

"보통 아군은 자기 한 명이다. 소설은 혼자 쓰는 작업이니까. 프로가 되기 전까지는 편집자도 없잖아. 그런 면에서 너희는 아군이 여럿 있어. 부럽구나."

"감사합니다. 아저씨도 열심히 써 주세요."

다이조가 황송해 하면서 머리를 조아렸다.

"술은 좀 적당히 드시고요."

가에데가 한마디 했다.

"요코스카에 놀러 오세요. 안내해 드릴게요. 요코스카에도 맛있는 빵집이 있거든요."

하루노도 거들었다. 어쩐지 한 사람씩 인사를 하는 흐름이 되고 말았다.

"음…… 여러 가지로 감사했습니다."

내가 말했다. 세련된 대사가 떠오르지 않았다. 그래도 괜찮다. 여자 셋이 생각해 낸 깜짝 선물이 있으니까.

프렌치토스트가 두 조각밖에 안 남았다. 그 정도로 맛있었다. 식사를 마치고 청소를 하는 사이에 시간이 다가왔다.

은색 소형차에 오른 다섯 사람. 조수석에는 다이조가, 뒷자리에는 여자 셋이 몸을 기대고 앉았다.

차는 천천히 해안선을 따라 북쪽으로 올라갔다. 다 같이 차를 탄 건 처음이었다. 비에 젖은 미우라 반도를 본 것도 처음이었다.

"아저씨."

내가 입을 열었다.

"부탁이 있어요."

"뭔데?"

"두 가지 있는데요."

"두 가지나?"

웃음을 터뜨렸다. 비에 젖은 풍경 탓인지 웃음소리가 쓸쓸했다.

"첫 번째는 속임수를 가르쳐 달라는 거예요. 카드 마술에서 5를 선택할 거라는 예언 말이에요."

예언 마술이 계속 머릿속에 맴돌았다.

"소설을 쓸 때 참고가 될 거라고 하셨잖아요? 그것도 이해가 잘 안 되고."

"그건 말이다. 너희가 속고 싶어 하니까 성공했던 거야. 속임수 같은 건 없어. 성공할 확률이 50퍼센트니까."

"진짜예요?"

"기대한 대로 제대로 속아 줬어. 소설에 참고가 된다는 말도 그런 거야. 독자들은 속고 싶어 하거든. 잘 속아서 울고 웃고 싶어 하는 법이란다. 그러니까 작가는 기대에 부응해야 하는 거지. 좀 전에도 말했지만, 거짓말을 능숙하게 만들어 가야 해."

이해가 됐다.

"잘 만든 거짓말이 때로는 진짜보다 더 진짜 같으면서도 매력적이지. 잘 쓴 소설을 읽으면 그런 생각이 들어."

"저도 그렇게 생각해요!"

다이조가 소리를 질렀다.

"거짓말이 서툴면 독자는 싫어도 현실로 돌아갈 수밖에 없어. 흥이 깨지고 마니까. 거짓말을 잘하려면 기술이 필요한 법. 지식이나 경험도 필요하고. 그게 바로 소설가의 실력이지. 소설은 거짓을 즐기는 예술이거든. 나도 거짓말이 서툴러서 말이지."

 능숙하게 거짓말을 잘 만들어야 한다는 건 이해했다. 그렇지만 그 예언 마술은 도통 모르겠다. 50퍼센트의 확률 문제가 아니다.

 "그래도 그 예언 마술에는 트릭이 있죠?"

 이심전심인지, 내 마음을 꿰뚫기라도 한 듯이 다이조가 물었다.

 "너희는 5가 네 장 있다는 마술의 결과를 몰랐잖아. 그게 중요해. 마술사의 무기는 의외성이거든. 또 자기한테 유리한 것만 보여 주잖아. 그걸 효과적으로 보여 줘야 해."

 그 점도 소설과 마찬가지였다. 독자는 당연히 결과를 모른다. 어떤 내용을 어떤 순서로 쏠지는 작가의 손에 달려 있다는 말이다.

 "그러니까 두 번 보여 줄 수는 없어. 이미 너희는 결과를 알고 있으니까."

 "한 번 더 하면 들통 난다는 말인가요?"

 "마술 이야기는 이 정도로 하고. 두 번째 부탁은 뭐지?"

 슬슬 항구에 도착할 시간이었다. 나는 크게 고개를 끄덕거렸다.

 "네. 또 한 가지는요. 항구에 우리를 내려 주시고 나면 곧장 돌아가 주세요."

 "뭐?"

"배가 출발하는 건 안 보셔도 돼요."

결국 입 밖에 내고 말았다. 배에서 헤어지는 건 어쩐지 쓸쓸하다. 이렇게 비가 내리는 날은 더더욱.

"기미코는 설명이 부족하다니까. 죄송해요, 애는 나름대로 배려해서 한 말이에요."

다이조가 말했다.

"이제 조용해졌으니까 열심히 집필하시라는 뜻이지? 그렇지?"

가에데가 덧붙여 말했다. 거기까지는 미처 생각도 못 했다.

"빗속에서의 배웅이라. 멋진 장면이지만 그렇게 요청한다면 어쩔 수 없지. 기대에 부응해서 곧장 돌아가마."

아저씨가 말했다. 비는 계속 내리고 있었다.

대화가 끊어지자 아저씨를 제외한 네 사람은 왼쪽으로 시선을 돌렸다. 비 때문인지 건너편의 미우라 반도가 보이지 않는다.

별장에서 떠나올 때 깨끗하게 닦은 테이블 위에 엽서를 두고 왔다. 마침 가에데가 스카린 사진엽서를 가지고 있었다. 셋이서 메시지를 남겼다. 나는 "다음 작품을 진심으로 기대합니다."라고 썼다. 맨 먼저 썼기 때문에 가에데와 하루노가 뭐라고 썼는지는 모른다.

비가 내리고 있다. 바다 위에 떨어지는 비가 슬퍼 보였다. 안녕, 도미우라 바다여.

12. 마지막 질주!

 요코스카로 돌아오고 나서도 고전은 계속되었다. 도미우라보다는 덥지만, 요코스카에는 기분 좋은 바람이 분다.
 무조건 쓴다. 써 나간다.
 체언으로 문장을 끝내면서 무조건 써 나가는 '스톱 & 고'는 효과적이었다.
 안 쓰고 멈추면 다시 쓰기 시작하는 데 시간이 걸린다. 그게 싫었다. 차는 빨간 신호에서는 멈추고 파란 신호에서는 출발하지만, 내 원고는 파란 신호에서도 꾸물대기만 할 뿐 진전이 없다. 그런 나 자신에게 화가 나고 한심하기만 했다.
 지금 나는 앞으로 나아가는 게 중요하다.
 일곱 번째 차례가 돌아왔다. 가에데가 쓴 원고의 마지막 장면에서 주인공 에루코는 감정을 있는 그대로 발산한다. 패밀리 레스토랑에서 엉엉 울고 있다. 가에데다웠다. 깔끔하게 단념하고 현실을 받아들였다.

테이블에 엎드리는 것만으로는 부족하다. 패밀리 레스토랑 테이블 밑으로 기어들어 가고 싶었다. 울고 또 울어서 전부 되돌릴 수만 있다면 모든 액체를 눈물로 흘려버리고 싶다. 눈물로 뿌옇게 흐려진 시야에 애플티의 황금색이 들어왔다. 눈물 탓인지 조명 탓인지 반짝반짝 빛이 났다. '이렇게 많이 운 건 태어나서 처음이야.'라고 에루코는 생각했다.

눈물이 멈췄다. 에루코는 블라우스 소매로 얼굴을 닦고 일어나서 다시 한 번 음료수를 가지러 갔다.

굉장한 묘사였다. 가에데, 잘 썼어. 나도 같이 울고 싶어졌다. 평소에는 내 방에서 원고를 썼지만, 왠지 이 다음 장면을 이어가기 위해 단골 패밀리 레스토랑에 가고 싶어졌다.

그렇지만 너무 흥분해서는 안 된다. 침착하게 여기 앉아서 꼼짝 않고 써야 한다. 아저씨처럼. 아저씨는 별로 쓰지는 않았지만, 장을 보거나 요리하는 시간을 빼고는 계속 자리를 지키고 있었다.

아저씨의 둥근 얼굴을 떠올리자 뭔가가 번쩍했다. 바로 '팥죽 소금'이다. 나는 키보드를 두드리기 시작했다.

드링크 바. 에루코가 선택한 건 방금 마신 애플티가 아니었다. 아르지닌이 들어간 자양강장제. 평범한 고등학생이 마시는 음료수는 아니다. 싸구려 플라스틱 컵에 반쯤 따랐다. 버튼을 한 번 더 눌렀다. 동일한 양이 나왔다. 한 모금 마셨다. 맛이 없다. 남은 건 그대로 버리는 곳에 붓고, 계산을 하고 가게를 나섰다.

절망스러운 상황에서 자양강장제를 마시는 장면을 통해 안타까운 마음이 들지 않을까. 그렇게 해서 에루코의 슬픔을 강조할 수 있을 것 같았다.

첫 문장을 쓰면 다음 문장이 진행된다. 느낌이 좋다. 에루코는 이제 바닥을 쳤기 때문에 올라가는 일만 남았다. 그렇지만 금방 180도 바꾸면 어색할 것 같아서 그대로 분위기를 이어 가면서 하루노에게 바통을 넘기기로 했다.

더위는 날마다 힘을 잃어 갔다. 여덟 번째 차례가 돌아왔다. 여기까지 쓰면서 한 가지 사실을 깨달았다. 소설은 열 장 쓴다고 해서 그 열 장만큼 이야기가 진행되지 않는다는 것이다. 처음의 열 장과 중간의 열 장은 전혀 다르다. 뭐가 다른지 설명하기는 어렵지만.

이럴 때 다이조가 필요하다. '다이조 찬스'는 아무 때나 쓰지 않기로 약속했지만, 소설 전반에 대한 궁금증이니까 괜찮겠지. 전화를 걸었더니 다이조가 금방 받았다. 나는 '열 장의 미스터리'에 대해 이야기했다.

"질문하는 레벨이 높아졌어!"

다이조의 격앙된 목소리를 듣는 것도 나쁘지 않다.

"그건 이런 거야. 너희는 지금 300장짜리 장편을 쓰고 있잖아. 한 사람당 100장씩. 쉽게 이해할 수 있도록 100장을 한 사람이 쓴다고 생각해 보자. 그건 100킬로미터의 길을 걷는 것과는 성질이 좀 달라."

"비슷한데? 진짜 100킬로미터를 걷는 것만큼 괴롭다고."

"처음에 1킬로미터를 걸으면 얼마나 남지?"

"99킬로미터."

"그럼 소설은? 처음에 한 장을 쓰면 앞으로 몇 장 남지?"

"99장."

"그게 아니라니까. 아마 너도 이미 어렴풋이 깨달았을 텐데. 소설은 전체 구상이 거의 결정되고, 등장인물이나 중간에 집어넣을 에피소드 같은 것도 대충 정해진 상태에서 한 장을 쓰잖아. 그러니까 한 장을 써 보면 실제로는 더 많이 진행된 거야. 50장을 쓰면 실제로는 반 이상 쓴 거지. 후반 구상이 이미 잡혀 있어서 아직 쓰지도 않은 내용을 이끌어 가거든."

"모르겠어. 알 듯 말 듯, 아리송한데."

"이런 질문을 할 정도면 이미 이해한 거야. 반을 쓰면 75퍼센트까지 진행된 느낌. 이미 쓴 50장의 내용이 점점 성장해 가고 있으니까."

100킬로미터 걷는 것과는 사정이 다르다는 점은 대충 이해했다.

"1,000장, 2,000장짜리 대작이 있잖아. 그걸 쓸 때 1,000킬로미터를 걷는다고 생각하면 아무리 대작가라도 엄두가 안 날 거야. 프로는 이미 잘 알고 있어. 1,000장짜리도 100장만 쓰면 어떻게든 된다는 걸 말이야."

"그래?"

"틀림없어. 프로는 경험으로 알고 있어. 그러니까 엄청나게 긴 장편도 쓸 수 있지."

다이조는 그렇게 설명해 줬지만, 더 가까운 예에서 납득할 수 있는 상황이 떠올랐다. 가에데가 준 원고를 이어받아서 열 장을 쓰려고 할 때, 맨 처음의 한 장과 중간의 한 장과 마지막의 한 장은 기세가 전혀 다르다. 처음 열 장을 썼을 때 그런 느낌이 들었다. 마지막 한 장을 쓸 때는 골대를 향해 힘차게 드리블을 해 가는 느낌이었다.

8월이 끝나 가려고 한다. 드디어 열 바퀴째다. 앞으로 열 장만 더 쓰면 끝이다. 딱 300장으로 제한된 건 아니다. 응모 규정의 상한 매수는 300장이지만, "싹 뜯어고칠 거니까 400장 써도 괜찮아. 불필요한 부분은 다 삭제할 테니까."라고 다이조는 말했다. 그래도 우리 입장에서는 300장이 응모 규정이라면 300장이 목표다.

주인공 에루코는 축구부로 복귀했다. 나와는 다르게. 하루노와 가에데가 이끌었다. 괴롭더라도 일단 그만뒀던 축구부로 돌아간 것이다.

　마지막 장면은 여덟 바퀴째에서 결정되었다. 복귀를 허락받은 에루코는 일요일 연습 시간보다 두 시간 먼저 운동장에 도착했다. 아무도 없는 운동장을 혼자 정비하기 위해. 한 시간 전부터 부지런한 부원들이 모이기 시작하기 때문에 두 시간 전이어야 했다. 운동장을 고르게 정비하고, 골대를 설치하고, 공도 준비했다. 다 끝내고 나서 에루코는 혼자 운동장에 섰다. 발밑에는 공이 놓여 있다. 바람을 가르듯 드리블을 해서 골을 넣었다.

　공을 찼을 때의 날카롭고 경쾌한 감각이 에루코의 오른발에 남았다. 회전하는 공은 왼쪽으로 원을 그리면서 골대의 왼쪽 위로 빨려 들어갔다. 그물이 흔들렸다.
　멋진 슛이다. 에루코가 그렇게 생각하고 있을 때, 라커룸 쪽에서 인기척이 났다.
　"에루코! 오전 연습이야?"
　부원들이 다가왔다. 에루코는 뒤돌아보면서 오른손을 높이 들었다.
　하늘은 새파랗다. 구름 한 점 없이 맑다.
　하늘이라. 고개를 들면서 에루코는 중얼거렸다.
　그저 파랗기만 한 게 아니다. 머리 위는 새파란 하늘이지만, 멀리 눈을 돌리면 물빛에 가까운 하늘이다. 파란색에도 여러 단계가 있다. 하늘을 올려다보는 건 너무 평범한 일이라서 지금까지 한 번도 제대로 본 적이 없었다. 하늘은 매일 다른 색을 띠고 있다. 잘 살펴보고 싶다. 에루코는 그렇게 마음먹은 다음 공을 줍기 위해 달리기 시작했다.

 드디어 다 썼다. 끝났다고 할지, 어쨌든 내가 끝을 맺었다.
 한시름 놓은 시점에서 작은 의문이 생겼다. 다 쓴 다음에는 '끝'이나 '완결'이라고 쓰는 걸까.
 책을 몇 권 꺼내서 살펴봤지만, 아무것도 적혀 있지 않았다. 그 대신 다음 페이지에 '해설'이 나와서 끝났다는 걸 알 수 있었다. 만약을 위해 '일단 다 썼습니다'라고 괄호 안에 써넣었다. 다이조에게 원고를 보내고, 가에데와 하루노에게는 다 썼다는 사실을 메시지로 보고했다. 감격의 말이 돌아왔다.

 간신히 목적지에 닿았다.
 벌써 저녁이다. 아침부터 순식간에 시간이 흘러갔다. 소설을 쓰고 있으면 시간이 금방 지나간다.
 오늘 저녁에는 맛있는 음식을 먹으면서 축하하고 싶었다. 침대 위에서 뒹굴면서 그런 생각을 하고 있는데 "뭐 먹고 싶니?" 하며 엄마가 얼굴을 내밀었다.
 "뭐든 다 좋아!"
 곧바로 대답했다. 프렌치토스트가 먹고 싶었지만, 저녁밥으로는 어울리지 않는다. 엄마는 장을 보러 갈 것이다. 나는 엄마를 따라가려고 했다. 오랜만에 자동차 조수석에서 저녁 바람을 맞고 싶었다. 그렇지만 다시 의자에 앉았다.

원고를 출력하고 싶었다. 엄마에게 보여 줘야지. 읽어 보라는 의미가 아니라 완성했다는 사실을 실감하고 싶어서 보여 주려는 것이다. 컴퓨터와 프린터를 연결하고 인쇄를 시작했다. 첫 장에 〈다시 일어서는 소녀〉라는 제목이 찍혀 나왔다. 살짝 감동했다.

"어떤 이야기인지 가르쳐 줘."라고 엄마가 물어볼 게 뻔해서 머릿속으로 정리해 보았다.

애인과 친구에게 배신당하고 축구부에서도 따돌림을 당하면서 주인공 에루코는 절망했다. 온실 속 화초처럼 자란 에루코에게 찾아온 첫 번째 시련이었다.

그러던 어느 날 아침, 하늘에 이변이 일어난다. 다섯 개의 거대한 은색 구체가 떠 있었다. 푸른 하늘을 감추기라도 하듯 이상한 광경이었다. 게다가 수수께끼의 물체는 에루코 눈에만 보였다.

내가 정말 어떻게 된 걸까?

에루코는 구체 바로 아래를 달렸다. 그랬더니 더 괴이한 일이 벌어졌다. 축구 유니폼을 입은 할아버지가 구체에서 내려온 것이다. 벌써 세상을 떠난 증조할아버지로, 에루코와는 만난 적도 없었다. 유령이다. 이 할아버지가 에루코에게 이래저래 지시를 내린다.

"화를 내! 불합리한 것과 투쟁하라고. 그게 낙담하지 않기 위한, 자멸하지 않기 위한 기술이다. 불행한 사건으로 가족을 잃고 나면 유족은 소송을 하지. 그건 이런 이유도 있는 거다."

그런 식으로 말했다. 그렇지만 에루코는 그런 성격이 아니다. 할아버지는 종종 나타나서 에루코를 부추긴다. 할아버지는 어느 순간부터 화내는 걸 그만두고 협상을 하라고 한다. 소송으로 말하자면 조건 투쟁이다. 사랑, 우정, 동아리, 세 가지를 다 잃는 건 너무 가혹하니까 동아리 활동이라도 다시 시작하라고 한다.

운동장을 달리고만 있어도 기분이 조금은 좋아진다. 그래서 감독이랑 주장에게 머리를 조아린다. 2학년이지만 1학년과 똑같이 잡다한 일을 하겠다고. 그러나 한 번 그만둔 부원이 복귀하는 일은 간단하지 않았다. 에루코의 바람은 이루어지지 않았다. 에루코는 어찌할 바를 몰랐다.

어느새 할아버지는 에루코의 카운슬러가 되었다. 시간이 흐를수록 구체가 줄어들더니 하나만 남았다. 결국 상황은 달라지지 않았다. 단지 시간이 흐름에 따라 에루코의 마음이 변했다. 어쩔 수 없다고 받아들이게 되었다. 사람을 좋아하고 싫어하는 건 누가 이래라저래라 할 수 있는 문제가 아니다. 축구부를 그만둔 것도 자업자득이고.

그때, 현대사회 수업에서 퀴블러 로스의 『죽음과 죽어감』을 접했다. 죽음을 선고받은 환자는 '부정', '분노', '협상', '우울', '수용'이라는 심리 변화를 겪는다고 했다. 에루코도 같은 심정이었다. 단지 에루코는 어려운 용어를 자신만의 말로 바꿔서, 각각 '말도 안 돼', '열 받아', '좀 기다려', '못 해 먹겠어', '어쩔 수 없지'라고 했다. 그리고 자신에게는 다음 단계가 있다고 깨닫는다. '힘을 내자'였다. 웃음을 되찾는 일이었다.

그렇게 생각하자 마음이 가벼워졌다. 그러자 신기하게도 하늘에 떠 있던 구체가 사라졌다. 여느 때처럼 광장을 달려도 할아버지가 나타나지 않았다.

며칠 후, 축구부 동료에게서 연락이 왔다. 다시 돌아오라고.

어설프게 정리했지만 대략 이런 내용이다.

수수께끼의 구체가 하나둘 사라져 가는 점, 마지막 부분에서 퀴블러 로스의 심리 추이 단계를 거론한 점, 에루코의 심리 상태 묘사가 꽤 괜찮다는 생각이 들었다.

13. 폭풍우 속의 패밀리 레스토랑

개학이다! 적절한 시기에 2학기가 시작되었다.

반 친구들도 예전 축구부 동료(?)들도 하나같이 얼굴이 새까맣게 탔다. 여전한 건 스카린뿐이다. 가에데, 하루노, 다이조 그리고 나도 분명히 1학기 때와 다른 얼굴이다. 매일 봐서 눈치채지 못할 뿐. 이렇게 생각하는 것도 '자기 상대화'인가.

하늘을 바라보면서 교문을 빠져나갔다.

여러 가지 일들이 예정대로 진행되어서 만족스러웠다. 운동장을 돌지 않는 여름방학은 처음이었다. 그렇지만 운동량은 많았다. 머리로 땀을 흘렸으니까.

문예부 넷이 모이면 가끔 바다사자 씨가 화제에 오른다. 항상 웃음이 터진다. 다들 진심으로 웃는다.

"나, 바다사자 씨랑 결혼할래!"

느닷없이 가에데가 소리를 질렀다. 수업 시간에 발표라도 하는 것처럼 정색하며 말해서 모두들 웃고 말았다.

"맛있는 것도 뚝딱뚝딱 만들어 주지, 어른스럽지, 잘난 척하지도 않지. 먼저 말을 걸지도 않으니까 성가시지도 않고."

"가에데, 그거 전에 말했던 외모와 내실의 차이 이야기야?"

"아저씨의 경우는 외모를 속마음에 가깝게 만들면 돼. 거기다 40킬로그램 정도 살을 빼고 열 살 정도 젊어지면 나쁘지 않아."

"그건 완전 딴사람을 만드는 거잖아."

이런 이야기로 웃음꽃을 피운다.

더위가 아직 남아 있는 방과 후, 캐치볼을 하고 교실로 돌아왔다. 덥긴 해도 여름은 서서히 저물어 가고 있다. 햇살도 부드럽다. 우리 몸이 더위에 익숙해진 건지도 모른다.

완성된 소설은 당분간 묵혀 두기로 했다. 곧바로 퇴고 작업을 시작하고 싶었지만, 방과 후의 교실에서 다이조가 고개를 절레절레 흔들었기 때문이다.

"바로 안 읽는 게 좋아. 자기가 쓴 문장이니까 아무래도 호의적으로 보게 되거든. 상대화해야 해. 좀 놔뒀다가 읽어 보면 더 객관적으로 보는 눈이 생길 거야. 한 일주일 내버려 두고 싶지만, 시간이 없으니까 사흘만 참자."

그렇게 말했다. 그렇지만 나는(분명 가에데와 하루노도) 출력을 이미 다 한 터라 당장 1장부터 다시 읽었다. 당연하다. 읽고 싶지 않은 사람이 이상한 거다.

감상부터 말하자면, 역시 쓸 때와는 감상이 조금 달랐다. 전혀 묵혀 두지도 않았는데 말이다.

이야기의 흐름과 문장이 뒤죽박죽이었다. 그런 느낌이 든 건 문화제에 출품할 '또 하나의 명작 10선' 탓인지도 모른다.

집필 중간 중간에 읽은 건 명작 중에서도 명작이니까. 그런 작품과 비교하면 빛을 잃을 수밖에 없다.

그래도 우리가 쓴 소설은 내용은 나쁘지 않다. 발전 가능성이 느껴졌다. 그래서 빨리 다이조가 질책해 주길 원했다. 퇴고 작업을 서두르고 싶었기 때문이다.

묵혀 두자는 다이조의 의견에 머리 회전이 빠른 가에데가 바로 반론을 폈다.

"너는 편집자니까 묵혀서 읽든 그냥 읽든 상관없잖아. 빨리 읽어 봐. 읽고 고칠 부분을 말해 줘."

"나도 너희랑 마찬가지야. 열 장씩 썼을 때마다 읽었으니까. 사흘 묵혀 됐다가 신선한 감각으로 원고를 마주하고 싶어. 처음 접하는 소설처럼."

다이조의 말이 더 설득력이 있었다.

"그럼 내용 소개라도 써 보는 게 어때?"

"내용 소개?"

"책 뒤표지에 나와 있잖아. 작품의 매력을 짧게 정리한 문장 말이야."

"지금?"

"당연하지. 원고지 한 장 이내로. 시간은 15분 줄게. 쉽지?

직접 쓴 소설이니까."

다이조는 팔짱을 낀 채 한 명, 한 명과 시선을 교환했다. 도전이다. 그렇지만 바람직한 도전이다. 물론 받아들인다.

다이조가 교단에 서서 '다시 일어서는 소녀 내용 소개'라고 칠판에 썼다. 우리는 의자에 몸을 깊숙이 맡기고 노트북을 열었다. 머릿속에서 소설의 흐름을 빠르게 재생하면서 키보드를 두드렸다.

에루코는 요코스카에 사는 고고 2학년. 여자 축구부 에이스다. 그러나 남자친구에게 배신당하고, 시합에서도 실수하면서 갑자기 시들어 가기 시작한다. 그때, 교실 창문으로 하늘을 올려다봤더니 다섯 개의 거대한 구체가 떠 있었다. 에루코는 깜짝 놀랐지만, 다른 사람에게는 보이지 않았다. 지금까지 순조롭기만 했던 에루코의 인생에 찾아온 좌절. 가끔씩 나타나서 조언해 주는 할아버지는 도대체 누구? 에루코의 재기를 담은 이야기.

"그만. 15분 지났어."

어느샌가 다이조가 등 뒤에 서 있다. 나는 노트북 화면을 보여 주었다.

"체언으로 끝내는 버릇이 남아 있긴 한데, 나쁘진 않네."

다이조는 그렇게 말하고 나서 가에데 뒤로 갔다. 나도 자리에서 일어나 다이조를 따라갔다. 가에데가 쓴 내용 소개다.

도코만 상공에 떠 있는 거대한 은색 구체. 주인공 에루코 눈에만 보이는 이상한 광경이다. 마음을 무겁게 짓누르는 구체의 정체는? 고등학생이 일상 속에서 겪는 좌절을 그렸다. 퀴블러 로스의 『죽음과 죽어감』을 바탕으로 새롭게 쓴 청춘 소설!

"잘 썼어. 진짜 책 뒤표지에 나올 만한 글이야. 그렇지만 다른 작품을 바탕으로 썼다는 말은 독창성이 부족하다고 고백하는 꼴이라고. 난데없이 '죽음과 죽어감'이라고 말해 봤자 유명한 작품이 아니라서 이해하기 어려울 거고."

가에데가 혀를 찼다. 의미심장한 행동이었다.

그러고 나서 가에데까지 합세해 셋이서 하루노의 노트북 화면을 들여다보았다.

'부정', '분노', '협상', '우울', '수용'. 이것은 죽음을 선고받을 때처럼 견디기 어려운 고통을 당한 사람이 겪는 심리 변화 단계다. 그런 일은 일상에도 찾아온다. 고등학교 2학년 에루코에게 '말도 안 돼!', '열 받아!', '좀 기다려!', '못 해 먹겠네', '어쩔 수 없지', '힘을 내자'라는 흐름으로 나타난다. 절망에서 재기까지의 변화를 건조한 문체로 표현한 현대판 『슬픔이여 안녕』.

"『슬픔이여 안녕』을 언급하다니 대담한데. 확실히 공통점은 있어. 사강이 열여덟 살에 쓴 데뷔작이고, 지중해 연안으로 피서를 간 점도 우리가 합숙한 것과 비슷해."

다이조가 감탄하고 있다. 나는 낙심했다. 내가 쓴 건 누가 봐도 부족했다. 내용도 문장도.

다이조가 교단으로 돌아갔다.

"왜 이걸 쓰라고 했냐면. 제일 재미있는 부분이 어디인지 물은 거야. 소설의 뼈대 말이야. 저자니까 당연히 잘 알 것 같으면서도 특히 장편을 쓰다 보면 흔들릴 때도 있어. 뼈대가 뭔지 수정할 때도 꼭 명심해야 해. 첫 번째 수정 작업의 목적이 뼈대 강화에 있다고 해도 지나치지 않을 정도니까."

말 한번 번지르르 잘 한다. 뼈대를 강화하기 위해 잠시 몸을 쉬게 해야 한다는 것이었다.

소설은 묵혀 두더라도 우리까지 잠들어 버릴 수는 없다. 문화제가 한 달 앞으로 다가왔다. '또 하나의 명작 10선'은 다 읽었다. 전환점을 찾아내서 새로운 전개를 만드는 작업도 다섯 작품이 완성되었다. 다이조를 중심으로 열심히 노력했다. 다이조는 보통내기가 아니었다. 나머지 다섯 작품이 완성되면 다 같이 모조지에 예쁘게 옮겨 쓴다. 물론 원래 줄거리도 간결하게 쓸 예정이다.

여름을 지내면서 다이조를 보는 눈이 달라졌다. 문예부에 처음 들어왔을 때는 한마디로 말해서 성가시기만 했지만, 의외로 괜찮은 점도 있었다.

'또 하나의 명작 10선' 작업을 하면서도 그다지 우쭐대지 않았다. 여간 힘든 일이 아니었을 텐데. 다이조가 빼기는 건 대체로 소설 기법을 설명할 때였다.

다이조가 끝낸 다섯 작품은 『설국』, 『은수저』, 『기러기』, 『암야행로』, 『인간 실격』이다. 남은 다섯 작품은 비교적 읽기 쉬운 작품이다(아마도). 우리의 부담을 줄여 주기 위한 배려일 수도 있다. 만약 그렇다면, 다이조, 티 내지 않는 게 멋있는 걸?

일단 오늘 방과 후에는 『도련님』의 전환점을 결정하기로 했다. 새로운 전개는 내가 담당한다(『도련님』은 가장 인기가 많아서 여자 셋이서 가위바위보를 해야 했는데, 내가 이겼다).

전환점은 만장일치로 정해졌다. '왜 도련님은 여주인공인 마돈나에게 고백하지 않았는가?'였다.

누구든지 그런 생각을 하고도 남는다. 도련님이 마돈나를 좋아했던 건 틀림없다. 왜냐하면 '나는 미인을 잘 묘사할 수 있는 사람이 아니라서 뭐라 말하기 어렵지만 대단한 미인이었다. 어쩐지 수정 구슬을 향수로 데운 다음 손바닥에 쥔 기분이었다.'라고 적혀 있으니까. 그렇다면 고백했어야지.

그래서 도련님은 마돈나에게 데이트 신청을 한다. 온천에 갔다가 함께 메밀국수를 먹는다. 낚시도 하러 간다. 그런데 끝물 호박 선생과 마돈나가 사귀는 사실을 알게 된 도련님은 이제 어떻게 할 것인가?

도련님 성격에 빼앗을 리는 없다. 동료의 여자친구를 빼앗았다가는 "도련님은 대쪽같이 곧고 좋은 성격이세요."라고 기요가 칭찬할 수 없을 테니까.

그렇지만 빨간 셔츠의 계략으로 끝물 호박 선생이 좌천된 판에 도련님이 참전하는 건 딱히 비겁한 행동도 아니다. 아니다. 그런 짓을 하면 도련님은 더 이상 도련님이 아니다. 하지만 마돈나를 빨간 셔츠에게 빼앗기는 것도 울화가 치민다. 그래서 내가 생각해 낸 새로운 전개는 이런 내용이다.

도련님은 시코쿠 마쓰야마 중학교에서 겨우 한 달 만에 울화통이 터졌다. 빨간 셔츠에게 덤벼들고 딸랑이에게는 날달걀을 내던졌다. 그러고는 깔끔하게 학교를 그만두고 동경으로 돌아왔다. 그 다음에는 철도 회사의 기수로 취직했다.

여기까지는 그대로다. 지금부터가 달라진다.

당연한 말이지만 철도 회사에도 빨간 셔츠나 딸랑이 같은 속물이 우글거린다. 틀림없이 시코쿠 마쓰야마보다 더 많을 것이다. 그래서 보름 만에 또 울화가 치밀어서 부득이하게 사표를 내고 만다.

그런 도련님에게 편지가 한 통 도착한다. 마돈나가 보낸 편지다. 별 내용 없이 그저 안부를 묻는 편지였다.

이 작품 속의 명장면, 기요에게 받은 편지를 읽을 때처럼 바람에 날리면서 편지를 읽는다.

그게 마지막 장면이다.

"기미코, 넌 천재야."
다이조가 칭찬을 아끼지 않았다. 나는 솔직히 부끄러웠다.
"다들 도련님이 철도 회사의 기수가 된 게 이상할 거야. 그 부분이 너무 뜬금없다고 생각 안 하는 사람이 없다니까.『도련님』을 연구한 많은 책이 그 점을 지적하고 있어. '나쓰메 소세키는 도련님을 그가 받아들이지 않을 자리에 앉혔다. 즉, 도련님은 죽었다.'라면서. 그런데 기미코는 그 사실을 받아들였고, 도련님을 죽이지도 않았어. 색다르게 잘 살려냈어. 마지막 장면은 정말 최고야. 기요의 편지를 읽는 장면을 명장면이라고 인식한 점도 훌륭하고. 이게 이번 전시에서 제일 관심을 끌 거야!"
가에데와 하루노가 박수를 쳤다. 비행기를 너무 오래 태우는 거 아닌가?
"다만."
"다만?"
"마지막 한 문장. 그게 사라지는 게 아쉬워. 기미코, 말해 봐."

"못 외웠어. 마지막 문장을 어떻게 기억해? 첫 문장이라면 몰라도."

"첫 문장만큼 유명한 문장이라고. '그래서'로 시작하는 문장인데. 이노우에 히사시는 일본 문학사에 길이 남을 '그래서'라고 말했어. 좀 전에 말한 '도련님은 죽었다'라는 설과도 호응하는 문장이라고."

바로 책장을 넘겼다.

그래서 기요의 묘는 고히나타에 있는 요겐지라는 절에 마련했다.

숙연하게 만드는 훌륭한 문장이다. 처음에 읽을 때도 쓸쓸히 막을 내리는 느낌이 들었다. 도련님을 가장 잘 이해해 주던 유일한 사람이 영원히 잠들었다.

"결국은 트집을 잡네. 비행기 태우다가 떨어뜨리기. 다이조가 늘 하는 수법이잖아."

"맞아, 다이조. 그런 소리 하면, 이 기획 자체가 성립이 안 되잖아."

"트집 잡으려는 게 아니라고. 기미코의 발상은 인정한다니까. 그렇지만 나쓰메 소세키가 쓴 마지막 문장도 명문이라는 말을 하는 거야. 그러니까 아우프헤벤(지양)이라고."

"바움쿠헨?"

가에데가 또 시작이었다. 이번엔 일부러 한 말이었다. 다이조가 박식한 척 자랑하는 게 아니꼬워서 훼방을 놓은 것이다. 다이조는 가에데가 방해를 해도 눈썹 하나 까딱하지 않았다.

"언젠가 기미코에게 변증법에 관해서 얘기했잖아. 양자가 대립할 때 보통은 한쪽을 버리지만, 양쪽의 좋은 점을 받아들이라고. 장점 취하기야."

"그러니까 그게 뭐냐고?"

"기미코의 아이디어도 살리고 원래의 문장도 살리자는 말이지."

"전편을 다 뜯어고치는 게 아니니까 살리고 있잖아?"

"그럼 그냥 이대로 하자."

다이조는 의기양양했다.

하지만 지금 이 이야기의 흐름은 뭔가 어색하다. 새로운 전개를 제시할 뿐, 실제로 문장에 손을 대지는 않기로 했다. 그러면 마지막의 유명한 문장에 대해서 언급할 필요도 없지 않은가. 명문이 어쩌고 이노우에 히사시가 어쩌고 변증법이 어쩌고. 다이조는 지식을 늘어놓고 싶었을 뿐이다.

가에데와 하루노도 불만에 가득 찬 표정이었다. 나랑 같은 생각을 하는지도 모른다. 그래도 오늘은 용서해 주자. 다이조도 애썼으니까.

개학이 화요일이었으니까 300장을 사흘 동안 묵혀 두면 금요일이다. 그날 밤부터 다이조가 읽기 시작한다면 주말에 호출이 올 것 같았다.

그래서 토요일은 아침부터 조마조마해 하면서 연락을 기다렸다. 그 때문인지 머리가 무거웠다. 태풍이 다가오고 있어서라고 엄마는 말했다. 기압 때문에 머리가 무거워지기도 한다고. 나는 소설에 등장하는 거대한 구체를 떠올렸다.

태풍은 예상대로 간토 지방으로 바짝 접근해 왔고, 다이조에게서는 연락이 오지 않았다. 다이조에게 직접 전화하면 될 텐데, 괜히 가에데와 하루노와 메시지만 주고받고 있다.

"다이조는 결투라도 벌일 기세로 원고를 읽고, 고친 의도를 적느라 시간이 걸리는 게 분명해."라고 결론을 내렸다. 그래도 신경은 쓰였지만, 집에서 '또 하나의 명작 10선' 작업을 해나갔다.

일요일이 되었다. 일기예보에서 본 대로 요코스카 바다는 거칠어졌다. 점심으로 우동을 먹고, 엄마 아빠와 같이 텔레비전으로 태풍 뉴스 속보를 보고 있었다. 아이치 현 쪽은 오전부터 폭풍우가 휘몰아치면서 평일이었다면 휴교령이 내릴 정도였다고 했다. "내일은 활짝 개겠지. 날씨는 진짜 알 수가 없다니까." 하며 아빠가 중얼거렸다. 여기는 아직 가랑비가 내리고 있지만, 앞으로 두 시간 뒤에 이쪽에 상륙할 거라고 했다.

그때, 휴대전화가 울렸다. 다이조의 호출이다. 늘 가던 패밀리 레스토랑에 모이라고 했다. 태풍이 접근하고 있는데?

나는 채비를 마치고 집을 나섰다. "어디 가는 거야!"라며 아빠가 꾸지람을 했지만, "중요한 일이야. 태풍이 지나갈 때까지 얌전히 있을게."라는 대답을 남기고 집을 나왔다.

패밀리 레스토랑은 텅 비어 있었다. 우리 말고는 스포츠신문을 펼친 아저씨가 한 명 있었다. 거의 통째로 빌린 거나 다름없었다. 자리는 드링크 바 근처의 4인석이다.

여자 셋이 먼저 자리를 잡고, 맨 마지막에 다이조가 등장했다. 어찌 된 영문인지 약속이라도 한 듯 넷 다 파란색 계열의 셔츠를 입고 있다. 다이조는 물빛 러거 셔츠, 가에데는 폴로셔츠, 하루노는 흰색과 파란색이 섞인 보더 셔츠. 나는 감색 티셔츠였다.

늘 앉던 테이블에 늘 앉던 자리. 드링크 바를 등지고 창가에 내가 앉고, 중간에는 하루노, 그 옆에 가에데가 앉았다. 다이조는 홀로 여자 셋과 마주 보고 있다.

다이조가 몹시 침울한 표정을 짓고 있다. 이것도 기압 탓인가. 묘한 긴장감이 감돈다. 가에데도 평소처럼 시비를 걸지 않는다. 이렇게 폭풍우가 몰아치는 날 사람을 불러내다니, 하며 이러쿵저러쿵하지 않았다.

빨리 퇴고를 시작하고 싶었다. 다이조도 같은 마음이라서 태풍에도 개의치 않고 우리를 불러 모았을 것이다.

여자들은 마치 짠 것처럼 칼피스 소다를 가지고 왔다. 다이조는 콜라. 다들 머리가 무거워서 탄산을 마시고 싶은 모양이었다. 테이블 위에는 하얀색과 검은색 컵이 놓여 있다.

다이조가 나일론으로 된 가방에서 원고 뭉치를 꺼냈다. 인쇄물이다. 다이조는 원고를 털썩 테이블 위에 올려놓았다. 인쇄한 행수가 다른지 내 것보다 더 두꺼웠다.

쪽지가 붙어 있다. 얼핏 보니 열 개 정도. 쪽지투성이가 되었을 줄 알았는데 생각보다 적었다.

"신선한 기분으로 읽었어. 사흘 묵혀 둔 보람이 있더라고."

다이조가 입을 열었다. 말투가 심상치 않았다. 우리는 잠자코 있었다.

"몇 번이나 그만 읽고 싶었어. 절망스러웠거든."

"뭐?"

하루노 입에서 소리가 새어 나왔다.

"전체적으로 읽어 보니까 이건 어렵다는 생각이 들었어."

"이상하잖아? 처음 읽는 것도 아닌데. 열 장씩 쓸 때마다 읽었으면서. 왜 이제 와서 이러는 거야?"

"이게 바로 사흘 묵혀 둔 효과라고. 당시에는 그렇게 나쁘지 않다고 생각했거든. 아마 합숙의 단점일 수도 있어. 다들 열심히 쓰는 걸 눈앞에서 보니까 원고도 좋아 보였던 거야. 상대화의 반대, 절대화였지."

"심각하다는 말은 이해했지만, 구체적으로 말해 줘. 그러려고 모였잖아."

"그 전에 먼저 제안을 하고 싶어."

다이조는 답답했는지 콜라를 들이켰다. 벌떡 일어서더니 또 콜라를 가지고 왔다. 우리는 칼피스 소다에 손도 대지 않았다. 아니 입도 대지 않았다. 하얀색이 셋, 검은색이 하나.

"신인상 응모하는 거, 그만두지 않을래?"

뭐라고? 나는 하얀색 컵을 향해 뻗던 팔을 멈췄다.

"그만두자니, 무슨 소리야?"

가에데가 물었다. 다이조는 고개를 숙였다.

"응모를 포기하자는 말이야. 무리라고."

"무리라니? 원고가 여기 있잖아? 300장이나."

"절대로 1차도 통과 못 해. 이런 소설은 응모할 가치가 없어. 상이랑 작품을 모독하는 행위라고."

"말도 안 돼! 응모하려고 그렇게 노력했고 예정대로 됐잖아. 그런데 왜 응모하는 걸 포기해야 해? 두 번이나 1차 탈락한 네가 그런 말을 할 자격은 없어."

하루노가 울먹였다.

"이건 가위바위보에서 손을 늦게 내는 거랑 똑같은 짓이야. 지금까지 네가 한 행동 중에서도 최악이라고."

가에데도 목소리가 갈라졌다.

"태풍 때문에 머리가 어떻게 된 거야?"

나도 따졌다.

"내 잘못도 있어. 안타깝지만 응모할 수준은 아니야. 그게 다야."

"뭐가 '안타깝지만'이야? 수정하면 되잖아. 처음부터 그럴 작정이었잖아. 잘못된 점을 말해 줘. 아무리 심한 말이라도 괜찮으니까."

"나도 처음에는 그러려고 했어. 그런데 고칠 방법이 없어. 하려면 처음부터 다시 쓸 수밖에."

테이블에서 쾅 하는 소리가 났다. 하루노가 두 손으로 테이블을 내려친 것이었다.

"이해할 수가 없어. 스토리도 처음부터 괜찮다고 했잖아? 좀 더 구체적으로 말해 봐. 안 그러면 그냥 생트집이라고 생각할 수밖에."

"문장에 통일성이 없어. 낱말, 단어를 선택하는 센스가 없어. 어떤 정경을 묘사할 때는 꼭 그 단어만 써야 하는 상황이 있는데, 셋 다 그 작업을 소홀히 했어. 어휘가 풍부하냐 아니냐의 문제가 아니야. 머리로 땀을 안 흘린 거야. 작가는 계속해서 단어를 찾아. 제일 적합한 단어가 꼭 어딘가에 떨어져 있다고 말하는 사람도 있을 정도라고. 단어 사용이 적절하지 않으면 힘들어."

다이조는 속사포처럼 말을 쏟아내더니 원고 뭉치를 넘겼다. 첫 번째 쪽지가 붙어 있는 페이지. 내가 쓴 원고였다.

"예를 들면, 여기. 달리기 자세. 한 페이지에 얼추 열 번이나 나와. 무슨 상품 광고도 아니고. 분명 더 알맞은 말이 있어."

"고치면 되잖아."

"이건 처음부터 다시 쓰는 거랑 마찬가지야. 쓰는 사람이 제대로 장면을 이미지화하지 못했으니까. 퇴고는 확실한 이미지를 그리면서 쓴 문장을 더 좋게 하기 위해서 필요 없는 걸 삭제하고, 더 알맞은 단어로 바꾸는 작업이야. 이미지화가 부족하면 뭘 어떻게 고쳐도 소용없어."

너무하다며 하루노가 투덜거렸다. 다이조의 태도는 진짜 이상했다. 정말 너무하다. 그 여름 우리가 쏟았던 노력이 물거품이 된다니.

"마감까지는 아직 시간도 있잖아. 응모를 포기하는 건 말도 안 돼. 1차 통과 못해도 잃을 건 없어. 그냥 응모만이라도 해보자."

"잃는 건 많아. 스스로 안이한 태도를 허용했다는 사실에 자기혐오에 빠져. 게다가 그런 모습을 소설의 신은 다 보고 있다고. 용기 있는 후퇴가 더 값진 법이야."

"노력했잖아. 소설의 신이 있다면 그것도 봤을 거야."

"노력은 원고에 드러나기 마련이야. 결과가 모든 걸 말해주니까. 대충 쓴 원고라는 사실을 알면서 응모하는 건 반칙이야. 원고가 좋은지 나쁜지도 모르냐며 신도 기가 막히겠지."

"나, 정말 열심히 했어."

가에데가 말했다. 하루노는 고개를 숙이고 있다. 나는 그저 하얀색 컵만 노려보면서 다이조의 이야기를 듣고 있었다. 하얀색은 고, 검정은 스톱. 다수결로 하면 고.

"잠깐만. 지금까지와 말이 다르잖아. 어쨌든 다 쓰기만 하면 싹 고쳐 준다고 했으면서. 그래 놓고 왜 안 된다는 거야?"

"나도 후회하고 있어. 한 바퀴 돌 때마다 좀 더 엄격하게 말했으면 좋았을 거라고. 그랬다면 진행이 안 됐을 거야. 일단 계속 써 나가는 걸 우선시했어. 그건 성공이었어. 기분 좋게 쓰면서 생생한 문장이 태어나기만 하면, 나중에 철저하게 손을 보면 된다고 생각했거든. 너무 가볍게 생각했어. 전체를 읽어 보니까 안 되겠더라고. 도미우라에서 얘기했듯이 중학교 때 신인상에 응모했다가 떨어지고는 엄청 낙심했어. 자신만만했던 내 작품이 1차에서 떨어지다니. 그런 현실을 받아들이는 것도 용기였어. 대충 쓴 작품은 절대로 응모하면 안 돼."

"다이조. 미안하지만 여기서 빠져 줄래? 나머지는 우리 셋이 알아서 할 테니까."

하루노가 세게 말했다.

"공동체 붕괴? 결론이 안 나오면 그 방법밖에 없지."

다이조가 머리카락을 쓸어 넘겼다.

"하루노."

가에데가 불렀다. 책망하는 말투였다.

나는 마음속으로 머리를 옆으로 흔들었다. 다이조가 빠지는 일은 있을 수 없다. 문예부가 사라져 버린다. 그렇게 되면 1차 통과도 아무런 의미가 없다.

"미안해. 내가 말이 지나쳤어. 그렇지만 너도 너무해."

하루노가 힘없이 말했다. 하루노, 금방 사과해 줘서 고마워.

"잠깐."

얼떨결에 나도 끼어들었다.

"지금 이거 '분할'과 '장점 취하기' 아니야?"

분할이란 '시련은 분할할 수 있다'이다. 장점 취하기는 '변증법의 아우프헤벤'이다.

"무슨 말인지 설명해 봐."

"우선 분할. 다이조가 전체적으로 엉망이라고 했어도 엉망인 부분을 잘게 나눠서 철저하게 대처하면 되잖아?"

"기미코 말이 맞아. 오늘 다이조는 진짜 이상해. 자기가 잘난 척하면서 가르쳤던 말을 기미코한테 듣다니."

다이조는 표정을 바꾸지 않았다.

"다음은 '장점 취하기'야. 다이조는 응모하지 말자고 하지만, 우리는 응모를 하고 싶어. 그 해결책이 처음부터 다시 쓰는 거라는 건 너무 극단적이야. 아저씨도 말했잖아. 포기하지 않으면 성공한다고. 다이조 말은 포기하라는 뜻이잖아."

"말하는 방법이 틀렸을지는 모르지만, 응모하고 안심하기보다 당장 다음 작품을 준비하자는 말이었어. 분할과 장점 취하기 기술은 차기작에서 살려 보자. 그 자세야말로 소설의 신이 높이 평가해 줄 거야. 이건 그만 끝내자. 우리 모두의 노력의 결정체야. 어디로 사라지는 게 아니잖아."

"진짜 못해 먹겠네!"

가에데가 절규하며 울음을 터뜨렸다. 나도. 테이블이 흐려지면서 아무것도 보이지 않았다.

창문이 덜컹덜컹 흔들렸다. 바람이 상당히 세졌다. 뭐가 다음 작품이야? 이런 심정으로 어떻게 차기작을 쓴단 말인가? 우리 마음이 산산조각 나 버렸다.

"나는 너희한테 잘 쓴 문장을 보여 주고 싶어서 정말 열심히 했어."

울면서 가에데가 말했다.

"유의어사전을 사서 단어를 찾았어. 한 문장 쓰느라 30분이나 걸린 적도 있고. 최선을 다했어."

가에데가 엉엉 울었다. 그 소리가 워낙 커서 하루노의 흐느끼는 소리가 가려졌다. 나도 울었다. 비바람 소리가 커서 얼마든지 울어도 되는 장면 같았다.

"괜찮아요?"

여자 목소리가 들렸다. 점원이 걱정이 돼서 보러 왔다. 다이조 목소리가 들리지 않는다. 몸짓으로 대답했는지도 모른다.

"상대화라는 이야기잖아. 지금 우리는 실의의 밑바닥에 빠져 있어. 그렇지만 우리만 슬픈 게 아니야. 소설의 세계에서는 드문 일도 아니고. 아저씨도 그래. 신인상을 받고 3년이 지났는데도 아직 두 번째 작품이 안 나왔어. 아마 몇 번이나 엎어졌을 거야. 모르긴 해도 지금 우리보다 최소한 세 배는 더 낙심했을걸? 혼자 쓰고 있으니까."

우리는 울음을 그치지 않았다. 다이조가 입을 다물면 두 사람의 울음소리가 들려서 더 괴롭다. 다이조가 계속 말을 하길 바랐다.

다이조. 무슨 말이든 좋으니까 계속해.

창문을 두드리는 바람이 약해졌다. 태풍은 지나간 걸까. 그렇게 오래 여기 있었던 걸까.

마침내 울음소리도 잦아들었다. 30분은 운 모양이었다.

"드링크 바만 주문하고 죽치고 있는 것도 미안하니까. 뭐 좀 시킬까?"

다이조가 제안했다.

"단 거라도 먹으면서 기운 차리자. 이러고 있을 여유 없어. 이제 곧 문화제라고."

"다이조. 지금 내 기분을 되돌아봤는데……."

하루노가 입을 열었다.

"지금 우리 상황이 소설 속의 에루코와 똑같아. 다이조가 트집을 잡아서 말도 안 된다며 화도 내고, 짜증도 냈어. 잠깐 기다리라면서 생각도 하고, 못 해 먹겠다고 절규도 하고, 하마터면 어쩔 수 없다고 포기할 뻔했어."

"하루노, 날카롭네."

"다이조가 말한 대로 이 소설이 무리라고 치자. 사람으로 말하면 중환자잖아. 수술해서 제일 큰 원인을 제거하면 되는 거 아니야?"

테이블의 분위기가 확 달라졌다. 하루노가 끈덕지게 달라붙는다. 가에데는 퉁퉁 부은 눈으로 하루노를 쳐다보았다. 가에데도 하루노와 같은 심정이다.

나는, 어쩔 수 없다고 생각하고 있었다.

"적절한 단어를 사용하지 않았다는 말은 병으로 말하자면 생활습관이 나쁘다는 거잖아? 그건 수술하고 나서 고치면 돼. 그러니까 한 번만 더 얘기해 보자."

하루노가 침착하게 말했다. 가에데와 나는 고개를 끄덕거렸다. 다이조는 웃고 있었다.

이건 뭐지?

진심으로 기쁜 표정, 맛있는 음식이라도 먹은 것만 같은 다이조의 표정을 어디선가 본 적 있다. 아저씨가 만든 프렌치토스트를 먹었을 때였나. 그렇지만 지금의 흐름과는 어울리지 않는 표정이다.

"여자의 눈물에 마음이 약해졌어. 그리고 하루노의 설득력에 두 손 들었고. 사실은 딱 하나 꼭 수술하고 싶은 데가 있었어. 만약 시작하면, 마감일까지 잠 잘 시간도 없어."

"안 자도 돼!"

가에데가 외쳤다.

"다이조가 외과 의사라면 이 환자는 어느 부위를 수술해야 해?"

"판타지 부분이야. 은색 구체는 괜찮아. 그런데 판타지 요소는 그걸로 충분해."

"할아버지구나."

가에데가 말했다. 다이조가 내 얼굴을 슬쩍 쳐다봤다.

"처음에는 좋다고 생각했는데 그다지 효과적이지 않아. 에루코는 스스로 생각하고, 발버둥치며, 고민하면서 앞으로 나아가야 해. 할아버지가 필요할 때마다 등장하는 건 너무 운이 좋아. 안이한 충고가 에루코한테는 좋을 수 있어도 소설적으로는 좋지 않아."

나는 눈을 감았다. 내가 만든 인물이었다. 가에데와 하루노도 아무 말이 없다. 매력적인 캐릭터라고 생각했다. 처음에는 새로운 캐릭터가 등장하면서 이야기가 밝아졌다고 다들 말했으면서.

좋은 캐릭터라도 소설의 흐름상 어울리지 않을지도 모른다. 붕 뜬 캐릭터가 소설의 흐름을 나쁜 방향으로 끌고 가 버릴 수도 있다.

"어때? 기미코?"

다이조가 물었다. 나는 눈을 뜨고 다이조의 얼굴을 쳐다보았다. 입술이 움직여지지 않았다.

"결정하자. A는 포기, 용기 있는 후퇴다. B는 대수술을 하고 응모하자. 진짜 수술에 임하는 것만큼 각오가 필요해. 그럼 거수로 결정하자. A?"

아무도 손을 들지 않았다.

"B?"

여자 셋이 손을 번쩍 들었다. 가에데는 힘차게 수직으로 손을 쭉 뻗었다. 그리고 다이조도 쓴웃음을 지으면서 오른손을 들었다.

"좋았어. 그럼 해 보자!"

다이조가 말했다. 바로 그때 여자 점원이 테이블로 다가왔다. 가에데가 손을 높이 들어서 반응한 모양이었다.

"마침 잘됐네. 달콤한 거 먹자. 나는 초콜릿 파르페."

가에데가 말했다. 나도 같은 걸 선택했다. 하루노도 오른손을 가슴 앞으로 가져갔다. 다이조는 프렌치토스트를 주문했다. 파르페는 맛있었다. 가슴을 스며드는 달콤함. 프렌치토스트만 늦게 나왔다. 한입 베어 물고 나서 다이조가 얼굴을 찡그렸다.

"도미우라에서 먹었던 게 백 배는 더 맛있어."

나는 웃었다. 보기에도 바짝 말라 있었다. 달걀을 잘 섞지 않아서 흰자 부분이 탔다. 아저씨가 만든 토스트에는 정성이 담겨 있었다. 정말 맛있었다.

다 먹고 나서 조금 더 앉아 있기로 했다. 각오한 것까지는 좋았는데, 구체적으로 어떻게 고치면 되는 걸까.

"세 사람 다 각자 전체 원고를 수정한다. 자기가 안 쓴 부분도 거침없이 손을 댄다. 그 다음에 내가 하나로 정리한다."

우리는 얌전하게 고개를 끄덕였다. 진짜 힘든 일일 것 같았다. 그래도 제일 힘든 건 다이조다. 세 개의 원고를 하나로 정리하는 건 정말 이만저만 어려운 일이 아니다.

"공동 작업의 불균형도 사라질 테고. 각오 단단히 해야 해. 포인트를 말해 줄 테니까 메모해."

다이조가 머리카락을 쓸어 올리며 등을 폈다.

1. 할아버지는 삭제한다.
2. 주인공을 응석받이로 만들지 않는다. 괴로워하는 에루코에게 작가가 구원의 손길을 내밀어서는 안 된다.
3. 에루코에게 감정 이입하면서 모든 장면을 진지하게 쓴다.
4. 소설의 뼈대를 살리기 위해 불필요한 에피소드와 문장을 지운다.
5. 단어를 엄격하게 고른다. 특히 동사. 그 장면에서 써야 하는 적절한 동사가 반드시 있다.

다이조의 말을 한 글자 한 글자 노트에 따라 적었다.

그건 그렇고, 다이조의 순발력은 대단했다. 여기 올 때까지만 해도 응모하는 걸 단념하고 있었을 텐데. 상황이 바뀌어서 응모하기로 결정하자마자 곧바로 고쳐야 할 포인트를 열거할 수 있다니.

"다이조가 하나로 정리한다는 말은 어떻게 한다는 거야?"

가에데가 물었다.

"세 사람이 수정한 걸 읽고, 한 장면 한 장면 제일 괜찮은 문장을 선택해서 모으는 거지."

"진짜 힘들겠다."

"결정했으니까 하는 수밖에."

"우리가 수정 작업을 마쳐야 하는 마감일은?"

"우선 일주일 뒤로 하자."

"우선이라니, 무슨 말이야?"

"쉽게 보지 마. 한 번으로 안 끝나니까. 이 작업을 몇 번이나 반복할 거야."

"헉!" 하는 소리가 작게 새어 나오고 말았다.

"잠 잘 시간도 없다고 했잖아. 세 사람이 고치고 내가 하나로 정리해. 그 원고는 처음 것보다 확실히 좋아질 거야. 그걸 한 번 더 하면 더 좋아져. 이 작업을 응모 직전까지 계속 되풀이할 거야. 훨씬 더 좋은 원고로 만들기 위해."

"할게! 이 정도 고생은 아무것도 아니지."

가에데 말에 하루노와 나는 크게 고개를 끄덕거렸다. 슬슬 집으로 돌아가기로 했다. 빨리 작업을 시작하고 싶었다!

파르페와 드링크 바로 한 사람당 천 엔이 조금 안 되는 금액이었지만, 지갑을 열 필요가 없었다. 공짜였다. 다이조가 한턱낸 것도 아니다. 다이조는 돈을 내지도 않았으면서 어째서인지 거스름돈과 영수증을 챙겼다.

"다이조. 그 돈, 어떻게 된 거야?"

하루노가 물었다. 다이조가 빙그레 웃었다.

"소설의 신이 줬어. 우리가 진지하게 의논하는 걸 본 모양이야."

무슨 말이지? 처음부터 다이조가 레스토랑에 돈을 맡겨 뒀던 걸까? 아니다. 그런 짓을 할 리가 없다.

"할아버지야. 할아버지는 소설에서는 사라지지만. 결단을 잘 내렸다고 칭찬해 준 거야. 이별의 선물이 분명해."

설마! 틀림없는 거짓말이다. 그래도 센스 있는 거짓말이다. 이럴 때 평소였다면 심하게 추궁했을 가에데도 지쳤는지 아무 말도 하지 않았다. 아무렴 어때? 다이조의 말을 믿는 편이 더 재미있다.

잘 먹었습니다!

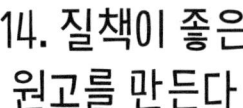

14. 질책이 좋은 원고를 만든다

 다음 날, 태풍이 지나간 뒤로 하늘은 맑고, 한여름 같은 무더위가 다시 고개를 들었다.
 방과 후, 군데군데 웅덩이가 패어 있는 운동장에서 캐치볼을 한 다음에 땀을 닦고 교실로 뛰어들었다. 집에서는 원고를 수정하고, 방과 후 교실에서는 문화제 준비를 했다.
 처음에는 릴레이 소설의 진척 상황을 전시할 예정이었으나 그건 완전히 포기하기로 했다. 모조지에 '문예부 사상 최초 릴레이 소설, 열혈 집필 중!'이라고 붓으로 써서 붙이기로만 했다.
 '또 하나의 명작 10선'도 점입가경이었다.
 하루노는『시골 교사』를 맡았다. 내가 담당했던『도련님』보다 이야기가 훨씬 단조로워서 전환점을 찾기 힘들었다. 주인공의 삶은 불행의 연속이었다. '이야기의 굴곡을 즐기기보다 마음속 깊이 파고드는 애절한 감정을 음미하는 소설'이라고 다이조는 말했지만. 친구의 여동생을 향한 연정을 단념하는 부분을 불굴의 의지로 바꾸기로 했다.

바닷바람이 약간 차가워졌다.

문화제는 순식간에 막을 내렸다. '또 하나의 명작 10선'은 그럭저럭 반응이 괜찮았다. 학생들도 물론 관심을 보였지만, 학부모들과 교직원들도 칭찬해 주었다. 축구부 안자이 감독도 얼굴을 내밀었다.

재미있다고 생각한 '새로운 전개 베스트 3'를 설문 조사하고 투표 결과를 집계했다. 1위는 『도련님』이었다. 내가 담당한 작품이었다! 다들 한 번쯤 읽어 봤을 테니 이런 결과가 나왔으리라. 인지도 문제였다. 참고로 꼴찌는, 밝히지 않겠다.

스카린은 계속 부스에 남아서 학부모들을 상대해 줬다. 물론 스카린에게도 칭찬을 받았다. "열심히 했으니까 맛있는 거 사 주세요."라며 가에데가 스카린에게 어리광을 부리자, 스카린은 해골 같은 얼굴에 미소를 띠면서 "초콜릿 파르페면 돼?" 하고 물었다. 그 말을 들은 다이조도 슬며시 웃었다.

문득 뭔가가 떠올랐다. 폭풍우 속의 패밀리 레스토랑.

그때, 스카린이 있었던 건가. 우리는 우느라 시야가 흔들렸다. 다이조라면 스카린을 부르고도 남는다. "옥신각신할 게 뻔하니까 지켜봐 주세요."라며. 토론을 펼치고 다시 일어선 우리를 보고 스카린이 돈을 내고 자취를 감춘 건 아닌지…….

다이조는 그런 잔머리를 잘 굴린다. 만일 그랬다면, 다이조가 자신의 존재를 드러내기 위해서였을지도 모른다. 그렇게 심하게 말을 했던 것도 스카린 귀에 들어가길 기대했기 때문일 수도 있고. 뭐, 어쨌든 상관없다. 달콤한 디저트를 먹고 다시 일어섰으니까.

문화제가 끝나고 나니 학교가 조용해졌다. 가을이 찾아오면 분위기가 가라앉는다. 밤에도 조용해서 소설을 집필하기 좋았다.

교실 창밖으로 보이는 풍경이 선명하다. 보소 반도의 노코기리산도 뚜렷하게 보였다.

지금, 도미우라에서 미우라 반도를 본다면 어떤 느낌일까. 이런 것도 다이조가 말하는 '상대화'일지도 모른다.

집에 와서 저녁을 먹고 바로 엉덩이를 붙이고 앉았다. 코앞의 코르크 보드에는 다섯 가지 수정 포인트가 붙어 있다.

출력한 원고에 빨간색 펜으로 표시해 간다. 할아버지가 등장하는 장면을 삭제했다. 그런데 그 다음부터 막혔다. 아니다. 나아갔다. 거침없이 나아갔다. 종이는 깨끗한데 내 눈만 앞으로 계속 나아갔다.

전혀 고칠 수가 없어서 그냥 소설을 읽듯이 책장만 넘겼다. 흐름이 고르지 못한 건 알겠는데, 어디를 어떻게 고치면 매끄러워지는지 알 수가 없다. 고쳐야 할 부분이 파악되지 않았다.

밤 아홉 시. 갑자기 바람이 그쳤다. 소리도 사라졌다. 난데없이 두려움이 찾아왔다. 몸이 덜덜 떨릴 정도의 불안이 나를 엄습해 왔다. 빨간색 펜을 쥔 채 꼼짝도 할 수 없었다.

지독하게 고독했다. 도망치고 싶었다. 거실로 내려가서 엄마 아빠와 대화를 나누고 싶었다. 이게 바로 소설을 쓸 때의 고통인지도 모른다. 백지 상태에서 소설을 만들어 내는 시간도 괴로웠지만, 고치는 작업은 더 고통스럽다.

마감일이 정해져 있어서 끙끙대고 있을 수만은 없었다. 심호흡을 되풀이하면서 해결책을 생각했다.

시련은 분할할 수 있다. '분할'이다. 전체적으로 고치자는 방침과는 어긋나지만, 내가 쓴 부분의 단어를 철저하게 고치기로 마음먹었다. 적절한 동사를 사용했는지. 같은 명사를 반복하지는 않았는지.

가에데가 추천해 줘서 산 유의어사전을 손에 들고 나는 등을 쫙 폈다. 책상에 버티고 앉아 있는데 다이조에게서 장문의 메일이 도착했다. 받는 사람은 여자 셋이었다.

제목은 '질책'. 불길한 말이다.

다들 열심히 하고 있지? 운동을 지나치게 열심히 하는 건 몸에 안 좋지만, 머리는 아무리 써도 괜찮아. (아마도)
아저씨 말처럼 스스로 포기만 안 하면 꼭 성공할 수 있어!
아저씨한테 받은 메일이 있어서 전송할게.

도미우라에서 밤에 다들 먼저 2층으로 올라가고 나만 끈덕지게 남아 있었던 날이 있었잖아? 그때 큰맘 먹고 물어봤어.

"왜 이렇게 두 번째 책이 안 나와요?"

실례라고 생각했지만, 참을 수 없었어. 막막할 때는 어떻게 극복했는지(분명 극복했겠지?) 너무 궁금했거든.

그런데 "신인상 탔다고 너무 우쭐댔거든."이라며 얼버무리더라고. 그 이상은 안 물어봤어.

그 질문에 대한 대답이 메일로 왔어. 제대로 가르쳐 주셨어. 착실한 사람이라니까.

무척 감동적이었어. 지금 너희 마음에 와 닿을 내용이 많이 적혀 있었어.

원고 고치면서 읽어 봐. 의욕이 마구마구 솟아날 테니까!

다이조에게

잘 지내냐? 아저씨다. 소설은 순조롭게 진행되고 있어?

도미우라에서 함께 보낸 여름은 정말 즐거웠다. 너희 덕분에 여름을 알차게 보냈어.

비가 내리던 날 너희를 항구까지 배웅하고 별장으로 돌아왔더니 멋진 편지가 나를 기다리고 있더구나. 감동했어. 동시에 갑자기 쓸쓸함이 밀려오면서 그 테이블이 한없이 넓어 보였어. 소설을 쓴다는 건 고독을 견디는 일이지. 나에게 그런 능력이 있다고 믿었는데 아직 멀었다는 사실을 깨달았어.

그건 그렇고, 다이조가 질문했을 때 모호하게 대답한 적이 있었지? 그건 나의 아픈 곳을 푹 찌르는 질문이었어. 너희처럼 진지하게 소설과 마주 보고 있는 후배들에게는 적당히 둘러대면 안 된다는 생각이 들었어.

그래서 제대로 대답하기 위해 이렇게 메일을 쓰기로 했어.

신인상 수상작은 얼마 안 되긴 해도 재판까지 찍었거든. 그래서 두 번째 작품에 거는 기대가 컸어. 그렇지만 좀체 써지지 않았어. 수상의 기세를 몰아 쓱쓱 쓸 수 있을 줄 알았는데, 내가 너무 쉽게 생각한 거였어. 겨우 완성했다가 물거품이 된 일도 몇 번 있었고.

사실 상을 받으면 정신을 더 바싹 차려야 하는 법이지. 두 번째 작품의 벽이라는 말이 있어. 데뷔작에 전부를 쏟아 부어서 더는 쓸 게 없다는 말을 자주 하는데, 그건 틀린 말이야. 소재가 바닥나는 일은 절대로 없어. 설사 그렇다 해도 취재를 하면 되고. 두 번째 작품을 못 쓰는 이유는 마음이 약하기 때문이지. 데뷔작보다 더 좋은 글을 쓰려고 벼르다 보니 부담감이 생겼어. 그 중압감에 패하기 때문에 못 쓰는 거야.

두세 번 실패하다 보면 풀이 죽게 돼 있어. 신인상을 받은 다음 흔적도 없이 사라지는 사람이 많이 있는데, 나도 그렇게 되는 건 아닌지 불안했어.

때마침 고고 시절 친구에게서 연락이 왔어. 녀석은 너희도 알 만한 남자 아이돌 그룹의 매니저였어. 업계에서는 수완이 좋다고 정평이 나 있었어.

귀가 솔깃해지는 얘깃거리를 가지고 왔더라고. 아이돌을 주인공으로 한 연애소설을 쓰라는 거야. 그걸로 영화를 만들고 싶다면서.

드디어 때가 왔다 싶었지. 쓰기면 하면 팔리는 건 시간문제였어. 물론 덥석 미끼를 물었지. 쓰고 있던 두 번째 작품은 옆으로 밀쳐놓고(몇 번이나 다시 쓰느라 지치기도 했고) 신작에 매달렸어.

친구 녀석은 매니저였지만, 탤런트가 출연하는 드라마나 예능 프로그램에 개입하는 걸로도 유명했어. 탤런트의 이미지를 너무 중요하게 여긴 나머지, 심심찮게 횡포를 부렸지. 특히 드라마나 영화에서는 시나리오에 트집을 잡기도 했고. 자연스레 감독과는 부딪치는 일도 생겼지만, 녀석이 더 추진력이 있다 보니 감독의 뜻이 꺾이기 십상이었어.

녀석은 호전적인 성격은 아니었어. 타협하지 않을 뿐. 일중독이었지. 그러다가 처음부터 원작에 관여하면 해결되겠다고 판단했겠지. 동급생인 내가 희생양이 된 셈이고.

그 작업은 생지옥이었어.

대충 구성 회의를 했는데도 원고를 가지고 갈 때마다 욕을 먹었어. "○○는 이런 대사 따위 안 해."라면서 나무라는 건 비일비재했고, 스토리나 등장인물의 행동도 전부 거부당했어. "이미지가 다르잖아!"라며. 방송국 관계자들은 입이 험해서 진짜 욕설을 퍼붓더라고. 심지어 많은 사람들 앞에서.

그야말로 질책 지옥이었어.

출판사 편집자에게도 잘못을 지적당한 적 있지만, 이론적이고 약간은 내 체면을 세워 주니까 녀석의 힐난에 비하면 납득할 수 있는 수준이었어.

나도 자존심이 있으니까 녀석이 하라는 대로 하고 싶진 않았어. '이 장면에서 주인공은 이렇게 행동해야 한다.' 하는 생각이 들면 그렇게 썼어. 그래서 또 욕을 바가지로 먹고.

결국 파투가 났어. 내 쪽에서 먼저 손을 놔 버렸지.

자포자기 상태였어. 중단했던 두 번째 작품도 도무지 쓸 수가 없었어. 내가 방송 관련 일을 한다는 말은 편집자 귀에도 들어가서 "큰일을 하고 계신다면서요? 우리 일은 뒤로 미뤄 두셔도 괜찮습니다. 몇 년이고 기다리지요. 대신 꼭 재미있어야 합니다."라며 듣기 거북한 말을 듣기도 했고.

그래서 쓸 수가 없었어.

신인상을 받은 출판사에서 두 번째 작품을 못 내면, 다른 출판사에서도 의뢰가 안 들어오거든. "그 신인은 두 번째 작품의 벽을 넘지 못했구나." 하며 비판하기 마련이지.

이게 내가 두 번째 작품을 못 내고 좌절했던 경위야.

그때 나는 소설은 질책으로 만들어진다는 사실을 배웠어. 질책을 받으면 아무래도 기가 죽기 마련이지. 질책이란 "네가 쓴 것(한 것)은 인정할 수 없다."는 말이니까. "다시 해!"라는 말이잖아. 초등학생이라도 중학생이라도 실망할 거야. 고등학생도 대학생도. 회사원들도 상사나 거래처에서 꾸지람을 들으면 기운이 빠지잖아.

소설에는 작가의 인격이 짙게 반영되기 때문에 질책을 들으면 자신의 인격을 인정받지 못한 기분이 들어. 물론 그건 사실이 아니지만. 작가와 편집자는 같은 방향을 향하고 있어. 좋은 소설을 쓰기 위해 혼을 부딪치면서.

소설은 혼자 쓰기 때문에 아무래도 객관적일 수 없는 부분이 있어. 그런 결점을 편집자는 정확하게 지적해 주거든. 지적을 하더라도 감정적으로 되지 않고 냉정하게 자기가 쓴 소설을 읽을 수 있는가. 그 점이 중요하지.

내 경험상, 편집자는 대체로 옳아. 고고 동창 녀석도 입은 험해도 틀린 말을 하진 않았어. 모처럼 기회를 얻었지만, 기대에 부응하지도 못하고 최선을 다하지도 못했어. 죽도록 후회했어.

너희가 도미우라를 떠날 때도 말했지만, 소설을 쓸 때 적은 존재하지 않아.

다이조가 편집자 역할이었지? 너희는 좋은 관계야. 생각하는 대로 거리낌 없이 툭툭 내뱉을 수 있잖아. 참 보기 좋았어.

세 여학생은 순수하고 영리해. 그러니까 너는 마음을 독하게 먹고 좋은 소설을 쓰기 위해 심한 말을 해야만 해. 네 진심은 세 사람에게 틀림없이 전달될 테니까.

예정대로 신인상에 응모하는 거지? 여학생들에게는 끈기가 있어. 나도 그런 근성을 배우고 싶을 지경이라니까.

반드시 좋은 작품이 완성되리라 믿는다. 열심히 해!

도도 규사쿠

긴 메일을 다 읽고 난 뒤 나는 한숨을 내쉬었다.

잘도 이런 걸 가르쳐 주는구나 싶었다. 아저씨는 역시 어른이었다.

그건 그렇고, 다이조는 아저씨 주머니를 샅샅이 잘도 뒤졌다. 아니, 아저씨가 스스로 주머니를 탈탈 털어 보여 준 것이다. 마술의 속임수는 절대 안 가르쳐 주면서.

무척 기뻤다. 아저씨와의 만남을 감사했다. 의욕이 살아났다. 약간 편집자 역할인 다이조를 변호하는 내용도 있긴 했지만. 두 시간 더 버텨 보기로 마음먹고, 인스턴트커피(물론 아저씨 스타일로)를 끓이기 위해 1층으로 내려갔다.

15. 1차 심사

10월이 끝났다. 요코스카에 부는 바람이 차가워진다. 학교 풍경도 확 달라졌다. 교복을 갈아입었다. 학교 전체가 검게 물들어 안정적인 느낌이 든다. 퇴고를 세 번 했다. 하루 평균 세 시간만 자면서 버텼다. 중간고사도 뒷전이었다.

다이조의 제안으로 스카린에게도 보여 주었다. 스카린은 해골 같은 얼굴에 입을 헤벌쭉거렸다.

"문장이 아주 단정하구나. 깜짝 놀랐다. 정성을 다해 퇴고한 게 보여. 그런데 좀 딱딱한 느낌이 들어."

스카린이 말했다. "딱딱하다고요?" 하고 되물었더니, "5단계 심경 변화 말이다."라는 대답이 돌아왔다.

"틀이 잡혀 있어서 쓰기는 편하겠지만. 소설이란 쓰면서 어디로 튈지 모르는 럭비공 같은 거 아닌가? 쓰는 사람도 결말이 어떻게 될지 모르면서 쓰는 것. 기세를 중시하면서. 아니다. 신경 쓸 것 없다. 아마추어가 제 맘대로 내뱉은 감상이니까."

그 말을 들은 다이조는 드물게 묵묵히 고개만 끄덕였다. 퇴고 작업과 정리가 거듭될 때마다 에루코는 성장해 갔다. 정신적으로 믿음직스러워졌다. 그 사실이 무척 기뻤다.

적절한 단어(라고 딱 잘라 말해도 괜찮을지 불안하지만)를 사용하면 캐릭터도 성장한다.

비가 내리는 방과 후, 캐치볼을 중지하고 2학년 C반 교실로 모였다. 드디어. 내일은 소인을 찍는 날이다. 오늘은 오자와 탈자를 최종 확인한다. 내용적으로 고칠 부분은 없다.

참고로 필명은 '도미우라 후미'다. 한자로는 부유할 '부(富)'자에 개 '포(浦)'자, 글월 '문(文)'자를 쓴다.

원고를 확인하고 응모 요령대로 봉투에 넣었다. 내일, 다 같이 우체국으로 가지고 간다.

"완성이다. 수고했어."

다이조가 말했다. 가에데와 하루노는 약하게 웃었다. 맥이 탁 풀렸다. 나도 같은 표정일지도 모른다. 그래도 성취감으로 가득했다.

1차 심사를 통과하고 못 하고는 아무 문제가 되지 않을 것 같다. 최선을 다했으니까. 더는 할 수 없을 만큼 죽을힘을 다했다.

"포기하지 않길 정말 잘했어."

가에데가 말했다. 진심으로 그렇게 생각한다. 폭풍우 속의 패밀리 레스토랑. 거기에서 "어쩔 수 없지." 하고 포기했다면 이런 감격은 맛보지 못했을 것이다.

"좋았어!"

다이조는 그렇게 말하면서 봉투를 숄더백에 넣었다. 그러고 나서 작은 상자를 꺼냈다.

"이날만을 기다렸어. 빨리 하고 싶었지만, 응모할 때까지 참았어."

다이조가 손에 들고 있는 물건은 트럼프 카드였다.

"1차 심사를 통과할 수 있을지 점을 치자고?"

"예언 마술을 해보고 싶었어."

"어떻게 하는지 알아냈어?"

"결말을 다 아니까 놀라지는 않겠지만. 기미코 선택해 봐. '나는 5를 선택한다.'라고 적힌 종이는 받았다고 치고."

다이조는 그렇게 말하면서 카드 다발을 둘로 나눴다. 도미우라에서 아저씨가 한 행동과 똑같이.

"자, 마음에 드는 쪽을 골라 봐."

나는 오른쪽을 선택했다. 카드를 넘겼더니 '5'가 적힌 카드가 네 장 있었다!

"이쪽은?" 하면서 왼쪽을 뒤집어 보았다. 숫자와 마크가 다 달랐다.

"그때랑 똑같아!"

가에데가 말했다.

"어느 쪽을 선택하든 예언은 적중하게 돼 있어."

"어떻게? 이쪽은 '5'가 아닌데?"

"떼쓰지 말고 생각 좀 해. 하루노는 알겠어?"

하루노가 두 개의 카드 다발을 노려보고 있다. 어느 쪽을 선택하든 예언은 적중한다는 건 무슨 말이지? 왼쪽은 숫자도 마크도 제각각인데.

"아, 알았다!"

하루노가 소리를 질렀다.

"장수야. 이쪽은 다섯 장이 아니었어. 과연, 그런 거였어. 기미코가 왼쪽을 선택하면 '다섯 장이니까 적중'하는 거구나."

"맞았어. 기미코, 왼쪽을 골라 봐."

다이조가 다시 카드를 자리에 놓으면서 말했다. 나는 왼쪽을 가리켰다.

"이쪽이지? 앞면은 보지 말고 몇 장인지만 세어 봐."

시키는 대로 했다. 다섯 장이다.

"이쪽은 네 장이야. '나는 5를 선택합니다'라는 예언은 맞았어."

그런 거였구나! '5'에 이중의 의미가 담긴 간단한 트릭이었다.

"스스로 알아냈어?"

"마술 책에 나와 있었어. '당신은 5를 선택합니다'라는 제목으로 소개되어 있더라고."

"이렇게 간단할 줄이야."

"말장난이었어. 다섯 장인 파일을 고르면 다른 쪽 파일은 절대로 앞면을 보여 주지 않는 거야."

"그래서 두 번 안 한 거구나. 금방 들통 나니까."

"거짓말이 능숙한 거지. 그 책에는 이런 것도 적혀 있었어. 무대에서 배우가 벽에 칼을 던지는 장면이 있어. 반드시 성공할 거라는 보장은 없어. 그래서 두 가지 대사를 준비하는 거야. 나이프가 제대로 꽂히면 '나는 이 마을에서 제일가는 칼잡이다.'라고 하고. 실패하면 '나는 이 마을에서 제일가는 칼잡이였다.'라고 하는 거야."

"그런데 말이야. 바다사자 씨가 마술을 선보이는 방법은 소설을 쓰는 방법과 상관있다고 말하지 않았어? 거짓말을 잘해야 한다는 건 이해했는데."

"나도 그 점을 골똘히 생각해 봤는데. 가진 패를 다 보여 주지 않는다는 게 공통점이었어. 주인공의 생활이나 생각을 하나부터 열까지 다 쓰지는 않잖아? 거짓말을 잘하기 위해서는 한 면만 써야 해. 어떤 타이밍에서 뭘 쓸지 정확히 계산하면서. 주제를 최고로 흥미진진하게 전달하려면."

아저씨는 마술의 트릭을 알려 주지 않았다. 순순히 속임수를 가르쳐 줬다면 우리는 아무 생각도 하지 않았을 것이다.

"저기, 다이조."

하루노가 입을 열었다.

"우리는 소설에 모든 걸 걸었어. 이렇게 필사적으로 하면, 그 마술사 같은 여유는 없다고."

"엉엉 울기까지 했잖아."

"다이조는 어때?"

"어떻긴, 나도 마찬가지지."

"우리가 패밀리 레스토랑에서 펑펑 울었잖아. 그때, 정말 그렇게 생각했어?"

"그렇게라니? 모호한 말 쓰지 말라고 했지? 퇴고의 기본이라고."

"딴 데로 말 돌리지 마. 응모를 단념시키려고 했던 것 말이야. 너는 가끔 그런 짓을 하니까."

"무슨 말인지 하나도 모르겠어. 그런 짓이라니?"

"지금 한 마술처럼. 우리를 속였지?"

"뭐라고?"

나는 소리를 질렀다.

"속이다니 뭘?"

"그러니까 응모를 단념시키려던 거 말이야. 그거 연기였지?"

"정말이야? 그게 사실이면 용서 못 해. 그렇게 목 놓아 운 건 처음이었다고."

가에데가 가세하자마자 떠들썩해졌다.

"잠깐만 기다려. 안 속였다니까. 아닌 밤중에 홍두깨라더니."

"너희, 지금 표정 봤지? 턱을 살짝 끌어당기고 입술을 떨고 있어. 해변에서 캐물었을 때랑 같은 표정이었어. 다이조가 거짓말 할 때 보이는 특유의 표정이야."

"잠깐만. 응모하는 걸 포기하자고 한 게 연기였다고?"

"우선 아무리 생각해도 확실히 생트집이었어. 게다가 울고 난 다음에 응모하기로 결정했을 때 네가 내린 지시는 이상할 정도로 정확했어. 완벽하게 정리되어 있고."

"맞아. 동감이야."

나도 덧붙였다.

"그 퇴고 포인트도 준비해 온 느낌이었어. 어쩐지 지나치게 머리가 좋다고 생각했어."

"실제로 머리가 좋아. 소설에 관해서는."

"왜 그런 말까지 들어야 하나 싶었어. 연극이니까 그렇게까지 말할 수 있었던 거였어. 진심이라면 그렇게 심한 말은 못할 거야."

다이조는 입을 다물었다. 내가 생각해도 너무 심하게 몰아붙인 것 같았다. 하루노랑 가에데도 내 말이 맞다며 맞장구를 쳤다.

"그럼 하나 물어볼게. 왜 연기를 한 거야?"

"우리의 열정을 높이기 위해서지?"

다이조의 얼굴이 굳어졌다.

"그 정도는 해야 한다고 생각했지? 그 5단계 심경 변화를 느끼게 해서 에루코에게 감정 이입을 할 수 있도록? 그만큼 울면 결단도 내리게 되잖아."

"하루노, 상상력이 지나쳐. 어디까지나 우연이라고."

"아저씨처럼 발뺌할 작정이군? 빨리 털어놔."

"아니라니까. 그때는 정말로 그렇게 생각했다고."

"다이조, 좀 솔직해져. 하루노의 분석이 얼추 맞지? 하루노는 진짜 예리하다니까. 난 네 연기에 깜빡 속아 넘어갈 뻔했어."

가에데가 말했다. 나도 그랬다.

"안 속였다니까. 소설에 집중한 덕분에 너희의 상상력이 너무 향상된 것뿐이라고. 그건 다음 작품에서 살려 보자. 당장 다음 릴레이 소설에 착수해야지."

"말 돌리는 것 좀 봐. 네가 거짓말할 때 나타나는 특징은 거의 다 알거든."

"제발 좀 봐 줘. 오늘은 빨리 집에 가서 잠이나 자. 오랜만에 푹 한 번 자 보자."

"다이조. 그날 우리가 입은 옷 기억나? 다들 파란색 셔츠를 입고 있었어."

"그랬나? 기억 안 나는데?"

"다이조는 물빛 러거 셔츠였어. 신호등에서 파란색은 '전진'이라는 뜻이잖아."

하루노는 정말 날카로웠다. 이번 건 아마 우연이겠지만, 관찰력 한 번 대단하다.

"진짜 단념할 작정이었다면 빨간 셔츠를 입었을 거야. 망설이고 있었다면 노란색. 넌 그런 연출을 잘 하니까."

다이조는 쓴웃음을 지을 뿐이었다. 하루노는 말없이 가에데와 내 쪽을 향해 미소를 던졌다. 확신이 생겼을 때만 보이는 하루노의 표정. 다이조, 잘도 거짓말을 지어냈구나.

우리가 응모한 호센 장편소설 신인상에는 세 번의 심사가 있다. 1차, 2차 그리고 최종. 심사위원을 맡은 작가가 직접 읽는 건 최종 심사에 오른 네다섯 작품뿐이다. 1차 심사는 감수위원, 2차 심사는 호센사 편집부원이 담당한다.

통과된 작품은 지면으로 발표한다. 잡지에 제목과 저자 이름이 게재된다. 1차 심사를 통과한 작품은 12월 20일에 발매되는 호에 실린다. 마침 2학기 종업식이 있는 날이다. 가슴이 터질 것만 같다.

1차 심사 결과가 나오기 전에 먼저 다음 작품을 준비하기로 했다. 11월 초 연휴가 끝나자마자 기획회의를 했다.

릴레이 방식을 지속한다. 다이조가 차례를 '기미코 → 가에데 → 하루노' 순으로 바꾸자고 제안했다. "겨울방학 때 도미우라 별장을 빌릴 수 있을까?"라면서 의욕을 불태웠다.

"첫 번째 작품을 통해 많은 걸 배웠어. 최선을 다했으니까. 잘못은 철저하게 반성해야지. 오늘은 그 점을 모조리 얘기해 보자."

 창문으로 밖을 내다보았다. 맑은 가을 하늘이다. 공기가 깨끗해서 배와 보소 반도가 선명하게 눈에 들어온다. 그렇지만 마음에 걸리는 게 있었다. 나는 등을 곧게 펴고, "저기." 하면서 손을 들었다.

 "뭐야, 기미코. 수업 시간도 아닌데."

 "사실 말이야, 나 이번에는 혼자 써 보고 싶어."

 "오옷!" 하며 다이조가 탄성을 내질렀다.

 "다이조 말대로 첫 번째 작품에서 내가 얼마나 나약하고 한심한지 잘 알았어. 그래도 다들 힘을 합쳐서 받쳐준 덕에 어떻게든 쓸 수 있었지만. 나름대로 반성하고, 소설도 많이 읽으면서. 이번에는 혼자 써 보고 싶어."

 "물론 그런 마음이 드는 건 당연한 일이야."

 다이조가 말한다.

 "기미코, 혹시 너 신경 쓰는 거야? 네가 훼방꾼이라고? 만약 그렇게 생각한다면, 그건 잘못된 생각이야."

 하루노가 말한다. 나는 곧바로 고개를 옆으로 흔들었다.

 "내가 제동을 거는 건 사실이지만. 너희를 배려해서가 아니야. 여름이 시작되기 전 맨 처음에 짰던 계획으로 한번 써 보고 싶어. 힘들 거라는 것도 알지만. 피하지 않고 한번 해 보고 싶어."

 나는 고모 이야기를 써 보고 싶었다. 고모가 세상을 떠났을 때, 아빠도 엄마도 모두 입을 맞추어 "멍청하게 다이어트나 하니까 이렇게 됐지."라며 고모를 탓했다. 아마 안타까운 마음을 반대로 표현한 것이었겠지. 고모가 죽었을 때, 나는 놀라서 내 감정을 직시할 수 없었다.

지금, 소설을 쓰면서 고모의 죽음을 진지하게 생각해 보고 싶었다. 어떤 소설이 될지는 상상이 되지 않는다. 그렇지만 써 보고 싶다. 나는 레몬색 가방에서 출력한 원고를 꺼내 세 사람에게 나눠 주었다. 이미 쓰기 시작했다.

눈을 감으면 고모의 웃는 얼굴이 떠오른다. 피부가 까무스름해서 치아와 눈의 하얀색 부분이 새하얗게 보인다. 나는 이 미소를 좋아했다.

고모는 서른 살에 세상을 떠났다.

아빠의 여동생으로, 내게는 고모라기보다 언니 같은 존재였다. 라디오 방송국에서 스포츠 리포터로 일하고 있어서, 만날 때마다 축구 선수 사인이 들어간 수건 같은 걸 주곤 했다. 언니라기보다 오빠 같았다고 해야 할까. 햇볕에 그을려서 야성적이었고, 포동포동 살이 쪄서 입고 있던 청바지에 엉덩이가 꽉 끼었다. 폴로셔츠 밖으로 드러나는 팔뚝도 통통했다. 머리카락은 자연스럽게 웨이브를 넣어 멋을 부렸지만, 여성미는 전혀 느껴지지 않았다.

왜 죽었을까? 심근경색이라는 말은 들었지만.

만날 때마다 야위어 갔다. 다이어트를 처음 시작했을 때는 아직 괜찮았다. "살 빠졌어?" 하고 물으면 평소보다 두 배는 생글거리면서 몇 번이나 고개를 끄덕였다. 한 달쯤 뒤에 만났을 때는 나는 아무 말도 할 수 없었다. 볼이 푹 패이고 얼굴이 작아져서 원래부터 컸던 눈이 더 커 보였다. 눈이 커서 만화 속 여주인공 같은 느낌도 들었지만, 반대로 반짝이던 생기가 사라졌다. 나를 바라보는 눈은 언제나 반짝반짝 빛이 났었는데.

"마라톤이라도 하고 있어?"

나는 그렇게 물었다. 아무리 봐도 건전한 다이어트로는 보이지 않아서 나름대로 배려한 질문이었다.

세 사람은 원고를 응시했다. 다이조가 맨 먼저 얼굴을 들었다.

"응원할게. 벌써 쓰기 시작했다는 게 좋아. 기미코의 열의는 진심이었네."

"좋은데? 나도 응원할게."

가에데가 말했다.

"잘 썼어, 기미코. 나도 응원할게."

하루노도 한마디 했다.

"나를 어떻게 사용할지는 네 자유야. 원고를 안 보여 줘도 괜찮고, 보여 줘도 괜찮아. 보여 주면 내 생각을 있는 그대로 말할 거야. 심하게."

"그런 것도 앞으로 생각해 볼게."

나는 고개를 끄덕였다. 마음속으로 '고마워.'라고 말하면서.

"이제 어떻게 할래? 릴레이는 둘이서도 가능한데."

"그럼 나도 혼자 써 볼까?"

가에데가 말했다. 하루노도 고개를 끄덕이고 있다.

"다이조, 너도 써 봐. 이론만 자꾸 주물거려 봤자 재미도 없잖아?"

다이조는 반론하지 않고 머리를 쓸어 올렸다.

"생각해 보니까 혼자서 쓰더라도 다 같이 노력하고 있는 걸 아니까 릴레이 형식의 장점도 누릴 수 있겠어."

"사람 말 무시하지 마. 넌 안 쓸 거야?"

"난 편집자 타입이라고 했잖아. 엉터리 작가한테는 우수한 편집자가 필요한 법이라고."

"쳇!" 하고 혀를 차는 소리가 들렸다. 가에데와 하루노였다.

16. 생각을 끝까지 사랑하라

그날이 찾아왔다.

2학년들이 학교에 모이는 시간은 여덟 시 삼십 분이다. 종업식은 점심 때쯤 끝나니까 다 같이 서점에 가기로 했다. 그런데 다이조가 "그럼 너무 늦어!"라며 흥분하더니, 배가 아프다는 거짓말로 식을 빠져나가 서점으로 내달렸다.

다이조가 교실로 돌아왔다. 서점 이름이 적힌 종이봉투를 손에 들고서.

"붙었어?"

내가 묻자 다이조는 재빨리 고개를 옆으로 흔들었다.

"안 됐어?"

"아니. 의리 없게 어떻게 먼저 봐? 다 같이 봐야지."

가에데와 하루노는 옆 반이라서 나중에 다 같이 잡지를 펼치기로 했다. 반 아이들이 돌아가고 나면 겨울의 교실은 어쩐지 쓸쓸해진다. 창문으로 들어오는 햇살도 약해졌다. 그래도 오늘도 어김없이 우라가 수도에는 배가 여러 척 떠 있다.

"확인해 보자, 다이조."

하루노가 말했다. 다이조가 두꺼운 소설 잡지를 넘겼다.

좌우 두 페이지에 걸쳐 '1차 심사 통과 작품'이라고 커다랗게 제목이 적혀 있고, 작품명과 저자 이름이 작은 글씨로 빽빽이 늘어서 있다.

"응모 총수가 654편이래! 1차 심사 통과는 60편. 약 10퍼센트네."

다이조의 목소리를 들으면서 나는 눈으로 작은 글자를 좇았다. 심사 통과 작품이 어떤 기준에 맞춰 순서대로 적혀 있지는 않았다.

〈다시 일어서는 소녀〉는 '다'로 시작한다.

"없어!" 하고 가에데가 외쳤다. 가슴이 따끔하게 아팠다. 가에데는 읽는 게 빠르다. 그렇지만 촐랑대는 성격이라서 신용할 수 없다.

"없네." 하고 하루노도 말했다. 나도 확인했다.

"〈다시 일어서는 소녀〉는 1차 심사를 통과하지 못했습니다!"

다이조가 외쳤다. 상당히 경쾌한 목소리로. 나는 친구들의 얼굴을 쳐다봤다. 가에데는 밝게 웃고 있고, 하루노도 부드러운 미소를 띠고 있다. 눈물은 어디에도 없었다. 웃으며 탈락한 사실을 받아들였다.

"아직 갈 길이 멀구나. 할 만큼 했으니까 후회는 없어."

가에데가 말한다. 맞는 말이다! 마치 최선을 다해 운동장을 뛰었지만 패배한 시합 같았다.

"다이조, 심사평 좀 구할 수 없어?"

"〈다시 일어서는 소녀〉 말이야? 없어, 없어. 1차 심사에 떨어진 작품은 없어."

"그래도 평가는 할 거 아냐?"

"아마 ABCD 평가로, A가 통과한 작품일 거야."

"이걸 읽은 사람의 평가를 듣고 싶은데. 방법이 없을까?"

"무리야. 응모 작품에 대한 문의는 일절 받지 않는다고 적혀 있잖아."

"그걸 어떻게 좀 해 보자는 말이지. 좀 앙큼하지만, 고등학교 문예부 학생들의 부탁이라고 하면서 말이야. 궁금하잖아. 죽을힘을 다해 쓴 작품이니까."

"그건 떨어진 600명이 다 똑같아. 개별 대응은 불가능해."

"안 된다는 말 좀 그만하고. 어떻게 좀 해 보자. 넌 그런 거 잘하잖아."

"턱없는 소리. 아니다. 감상을 물어보는 것쯤이라면 가능할지도 몰라."

"정말?"

"잡지 편집부에는 씨도 안 먹힐 테니까 다른 방법으로 접근해야 돼. 문예평론가나 전직 편집자나 인기 없는 작가나."

"바다사자 씨!"

"아저씨는 미스터리 쪽을 맡고 있다고 했어. 어디 보자, 이걸 읽은 사람이 아저씨 친구일 가능성은 있어. 업계는 좁으니까."

"그럼 부탁해 보자. 밑져야 본전이니까."

다이조가 고개를 끄덕였다. 당장 휴대전화로 메일을 보내기 시작했다. 행동이 민첩하다.

한 시간 뒤, 아저씨에게 답장이 왔다. 1차 탈락을 위로해 주었다. 그리고 주변 사람들에게 알아봐 준다고 했다. 그 소식을 듣고 우리는 집으로 돌아갔다. 위로회는 열지 않았다. 곧바로 책상 앞에 앉았다.

다음 날, 다이조에게 연락이 왔다.

"적중했어! 우리 소설을 읽은 감수 위원이 아저씨가 아는 사람이래! 감상을 물어봐 주기로 했어! 문을 두드린 보람이 있었어. 끈질긴 세 여자에게 감사를!"

저녁에는 긴 메일이 도착했다. 아저씨가 보낸 메일을 전송한 것이었다. 감수 위원은 여성 문예평론가로 아저씨의 몇 안 되는 친구 중 한 사람이었다. 엄청난 확률이었다. 아저씨가 전해들은 내용을 다이조에게 메일을 보낸 것이었다.

문예부 여러분, 잘 지내지?

호센 장편 신인상은 유감이구나. 응모작을 10분의 1로 줄이는 1차 심사 통과가 제일 어려워. 그러니까 여기서 기죽을 필요 없어. 당장 펜을 집어 들어야 해!

어설프게 위로나 하려는 게 아니야. 너희의 역작〈다시 일어서는 소녀〉는 1차 심사에서 아슬아슬하게 탈락했다더구나. 아래 내용은 친구에게 들은 심사평이다. ○는 장점, ●는 개선해야 할 점이다. 참고하길 바란다.

○ 주인공의 고뇌가 잘 나타나 있다. 고난이 찾아왔을 때 흔들릴 듯 고뇌하는 모습도 현실감 있고 신선하다.

○ 특히 젊은 여성 집필자에게 만연하는 '자아 찾기 이야기'가 아니라는 점이 장점이다. 주인공이 필사적으로 현재 상황에서 벗어나려고 노력하는 점을 높이 평가한다. 다시 말해 속도감과 절실함이 느껴진다.

○ 정성 들여 퇴고한 흔적이 보인다. 생략할 수 있는 주어가 거의 완벽하게 생략되었다. 성실하게 단어를 선택한 점이 돋보인다. 이 점이 가장 큰 장점이다. 소설은 단어로 성립된 예술이므로 한 글자 한 글자를 소중히 여겨야 한다. 1차에서 탈락한 많은 작품에서 가장 결여된 부분이다.

○ 주인공의 심리와 행동을 축구 기술(드리블과 슛 등)로 예를 든 센스가 좋다. 이 점도 이야기에 속도를 불어 넣는다. 단, 과유불급임을 명심해야 한다.

● '다섯 개의 거대한 구체'에 대한 언급이 부족하다. '정체는 무엇인가?', '왜 주인공에게만 보이는가?' 등의 설명이 부

족하다. 판타지 세계에 주인공이 발을 들여놓은 건 좋지만, 독자도 똑같이 들어가고 싶어 한다. 독자에 대한 배려가 부족하다.

● 거대한 구체가 '항상 머리를 짓누르고 있다.'라는 건 은유법이겠지만, 주인공 이외의 고등학생도 같은 기분을 느낄 수도 있을 것이다. 구체를 볼 수 있는 남학생을 등장시켜도 좋았을 것이다. 나 혼자만 힘든 게 아니라고 상대화 할 수 있다면.

● 대사가 어색하다. 산만하고 어설프다. 특히 젊은 여자를 주인공으로 삼는 삼인칭 소설에서는 지문과 대사에 너무 차이가 느껴지지 않도록 주의해야 한다. 지문은 꽤 잘 썼는데, 대사가 시작되기만 하면 긴장감이 사라진다. 좀 더 등장인물의 혼이 충돌하는 느낌이 나도록 대사를 표현해야 한다.

○● 대체로 괜찮은 작품이었지만, 역시 뭔가 부족했다. '이걸 쓰지 않고는 견딜 수 없다'라는 힘. '이 작품은 다른 누구도 쓸 수 없다!'는 투쟁심. 아마도 원인은 작품의 핵심이 되는 생각을 끝까지 파고들지 않았기 때문이다. 자기 생각을 끝까지 사랑하고, 갈고닦고, 펼쳐 나가야 한다. 이게 가장 중요하다.

○● 오밀조밀 잘 정리된 작품보다 필력은 부족해도 힘이 넘치는 작품이 신인상을 받는 일이 드물지 않다. 완성도보다 폭발력. 의지보다 비상. 특히 젊은 작가는 최대한 팔을 휘둘러 강속구를 던져야 한다.

우아아. 누군가가 내 심장을 꽉 움켜쥔 것만 같다. 잘못된 부분을 정확하게 지적해서 가슴은 아파도 무척 기뻤다. 성실하기가 보통이 아니다. 이렇게까지 꼼꼼히 읽고 이해해 주다니. 이 심사평은 보물이다.

친구들에게 연락하려다가 손을 멈췄다. 이 보물을 지금 쓰고 있는 소설에서 살려야 한다. 나는 메일을 출력해서 '생각을 끝까지 사랑하고'와 '완성도보다 폭발력'이라는 글자에 빨간색 매직으로 동그라미를 쳤다.

2월의 바람이 무척 차다.

요코스카 바다는 파랗고, 국도를 따라 심겨 있는 명물 야자수는 살풍경하다. 고모 이야기를 담은 소설은 80장까지 썼다. 솔직히 힘들다.

다이조가 폭풍우의 패밀리 레스토랑에서 강조했던 '단어를 찾는다.'는 말을 계속 의식하면서 쓰느라 진전이 없다. 한나절 책상 앞에 앉아 있으면서 겨우 두 장 쓴 적도 있다.

그렇지만 열심히 했다. 글을 쓰지 않을 때는 읽었다. 소설을 닥치는 대로 읽었다. 우선 잘 팔리는 현대소설을 읽었다. 읽으면 읽을수록 흥미가 생겼다. 읽기와 쓰기는 별반 다르지 않다는 사실을 깨달았다.

점심시간에 다이조에게서 모이라는 연락이 왔다. 식당의 구석진 테이블이다. 이 자리는 난방이 닿지 않는 탓에 추워서 늘 비어 있다.

오늘 다이조는 아침부터 옆에서 능글능글 웃고 있었다. 가만히 창밖을 보다가 느닷없이 이죽거리곤 해서 기분 나빴다.

"뭐야. 어차피 방과 후에 모일 거면서."

가에데가 따진다. 다이조는 능청스러운 표정을 숨기지 않았다.

"놀라지 마."

다이조가 책 한 권을 테이블 위에 올렸다. 문고본이었다.

"소설? 토론이라도 하자는 말이야?"

책 제목은 『상냥한 건 바다에 내리는 비』였다. 감성적인 제목이다. 다이조는 가에데가 시비를 걸어도 무시하고, 표지 오른쪽 아래를 가리켰다. 저자명이다.

"앗!"

얼떨결에 소리를 지르고 말았다. 가에데와 하루노는 눈을 동그랗게 떴다.

'도도 규사쿠.'

"아저씨다! 아저씨 책이야?"
"어제 발매된 신작이야. 놀랐지?"
"신작이라면서 문고본이야?"
"문고본 출판이 유행이거든. 아저씨, 열심히 하셨네."

나는 책을 집어 들었다. 책날개에 작가 사진이 실려 있었다. 멀쩡하게 셔츠와 재킷을 입고 웃고 있다. 틀림없는 아저씨다.

"마법이라도 쓴 걸까?"

"네 권 사서 당장 같이 읽고 싶었는데, 돈이 없었어."

"읽었구나. 어땠어?"

"재미있어. 보기보다 솜씨 좋은 기술자야. 소설 기법을 구사한 걸작이야."

"그렇게 재미있어?"

"두말하면 잔소리라니까. 특히 우리한테는. 다른 독자의 100배쯤 재미있을 거야."

"무슨 말이야?"

"자세히 말할 수는 없지만, 인생에 절망한 인기 없는 각본가가 주인공이라는 설정이고, 친구에게 빌린 별장에서 각본을 구상하고 있는데, 고등학생들이 찾아왔다는 이야기야."

"이거 실화야?"

"고등학생은 여자 셋에 남자 한 명. 이름이 굉장해. 모미지, 아키에, 마이코."

"모미지라는 건 나야?"

가에데가 자기 얼굴을 가리켰다. 다이조가 히쭉거렸다.

"모미지*는 가에데, 아키에**는 하루노. 너무 뻔하지?"

---

*가에데와 모미지는 둘 다 단풍나무라는 뜻이다.
**하루노의 '하루'는 봄, 아키에의 '아키'는 가을이라는 뜻이다.

시시하다며 하루노가 짧게 투덜댔다.

"마이코는 기미코야. 아마 '기미'가 'YOU'라는 뜻이니까 'MY'로 바꿨나 봐."

나도 "시시해."라며 중얼거렸다. 그렇지만 조금도 시시하다고 생각하지는 않았다. 정말 기뻤다.

"등장인물에 아저씨 나름대로 애착을 불어넣었어. 특히 모미지한테. 엄청 시건방져서 웃겨 죽는다니까. 진짜 슈퍼 울트라급이야."

가에데가 배꼽을 잡고 웃었다.

"아키에는?", "마이코는?"

하루노와 내 질문이 겹쳤다.

"직접 읽어 봐. 100배 재미있다고 말한 뜻을 이해하고도 남을 거야."

"그런데 다이조, 남자 이름은?"

"그것도 직접 보고 확인해."

다이조가 거드름을 피우자 가에데가 "빌려줘!"라고 외치면서 잽싸게 책을 빼앗았다. 재빨리 책장을 넘겼다.

"다이조? 뭐야 이게. 그대로잖아."

"내 이름은 바꿀 필요가 없었어. 완벽하니까."

"그냥 귀찮았겠지."

"이 작품은 나를 위해 쓴 게 분명해. 그런 메시지야."

왁자지껄 웃음소리가 터져 나왔다. 다이조도 입을 크게 벌리고 웃고 있다.

"무대는 여름의 도미우라. 시원한 바닷바람이 책장에서 불어오는 것만 같아."

"전부 그대로잖아! 주인공은 다르지만, 그 각본가라는 건 아저씨지? 뭐가 인생에 절망했다는 거야. 가만히 의자에 앉아 있다가 가끔 산책하고 서둘러 음식을 만들고. 네 시부터 맥주나 마시고. 팔자가 늘어졌으면서. 이 주인공은 멋있잖아. 인기도 많을 것 같고. 새빨간 거짓말쟁이!"

"괜찮은 여자도 찾아와. 커다란 거짓말을 지으면서도 세세한 부분에서는 사실을 쓰고 있어. 그게 바로 소설이지. 아저씨는 주인공에게는 대형 거짓말을 장치해 놓고, 주변은 진실로 고정시켰어."

"충돌기법이네."

"거짓말을 진짜처럼 잘 꾸며대면 그 소설은 틀림없이 성공할 거야."

진짜 같은 거짓말이라. 그건 다이조가 강력하게 주장하는 '상대화'와 연결된다. 거짓말을 하면, 거짓말을 한 자신이 싫어서라도 객관적으로 볼 수 있다. 그런 것인지도 모른다.

"아저씨가 우리를 관찰했구나. 주의 깊게."

"인세의 절반은 우리가 받아야겠어. 우리한테는 그럴 권리가 있으니까."

"더 좋은 계획이 있어. 내년에 문화제에 초대하는 거야. 무료로 강연해 달라고 하자. 우리가 모델이었으니까."

"요코스카에 오면 스이포라에서 뷔페를 사 달라고 하자."

웃음소리가 멈추지 않는다. 배가 아플 정도였다. 뷔페는 안 사 줘도 괜찮다. 이미 좋은 이야기를 해 주셨으니까. 포기하지 않으면 성공한다는 말. 아저씨도 포기하지 않고 노력한 것이다. 빨리 읽어 보고 싶다. 마이코는 어떻게 나와 있을까? 아저씨가 줄곧 관찰했던 나는 소설 속에서 어떤 모습으로 살아 있을까.

"돌려 보지 말고 각자 한 권씩 사자. 맛있는 음식에 대한 답례로. 친척이나 주위 사람들한테도 추천하고. 시내 서점도 돌아 보자. 손으로 광고판도 만들자. '문예부 강력 추천'이라고 써서. 베스트셀러가 되면 우리도 우쭐할 수 있잖아."

찬성. 대찬성. 가에데와 하루노도 고개를 끄덕였다. 어쩐지 의욕이 뭉게뭉게 피어오른다. 여름날 소나기구름처럼.

방과 후.

한겨울의 푸른 하늘이다. 하늘의 색이 겨울 바다와 똑같다. 굉장히 추웠지만, 우리는 평소처럼 글러브를 끼고 운동장으로 나갔다.

바람이 차다. 춥고 건조해서 그렇지 않아도 손이 거칠어졌는데, 연식 야구공을 만지니 손가락에서 윤기가 확 사라진다. 그렇지만 가에데도 하루노도 캐치볼을 그만두자는 말을 입에 올리지 않는다. 가에데는 오른팔을 빙빙 돌리고 있고, 하루노는 이 추운 날씨에도 교복 재킷을 벗고 하얀색 블라우스 차림이다. 늘 하던 대로 우리는 정사각형 모양으로 자리를 잡았다. 다이조가 홈이라 치면, 내가 1루, 가에데가 2루, 하루노가 3루다.

다이조가 던진 공이 날아온다. 푸른 하늘에 새하얀 공. 내 글러브에서 '팡' 하고 좋은 소리가 났다. 추운 날씨에 던진 첫 번째 공 치고는 강한 공이었다. 나는 공을 크게 휘두르면서 가에데에게 던졌다. 빠른 공이 가에데의 가슴 언저리로 향했다. 잘 던졌다.

"스트라이크! 처음에는 늘 폭투만 던지더니 웬일이냐?"

다이조가 외쳤다. 가에데가 웃으면서 고개를 끄덕인다.

가에데가 하루노에게 던진다. 하루노가 다이조에게 던진다. 다이조가 던진 공을 내가 잡는다. 조금 전보다 공이 따뜻해졌다.

... 옮긴이의 말

소설가를 꿈꾸고 있나요?

　이 책을 선택한 독자들은 두 가지 공통점이 있을 거라고 조심스레 추측해 본다. 첫째, 소설을 좋아한다. 둘째, 막연하게나마 소설가의 꿈을 가지고 있다. 이렇게 생각한 이유는 『소설 쓰는 소설』이라는 매력적인 제목에 끌려서 이 책을 골랐으리라 믿기 때문이다.

　이 책은 네 명의 주인공이 공동 작업을 통해 한 편의 소설을 써 가는 과정을 담고 있는 소설이다. 시간이 지날수록 주인공들이 쓴 소설의 완성도가 높아지고, 그들도 같이 성장해 가는 평범한 성장 소설로 끝났더라면 이 책은 덜 매력적일 수도 있다.

　『소설 쓰는 소설』의 특징은 바로 소설을 읽으면서 소설 쓰는 방법을 배울 수 있는 실용 소설이라는 데 있다. 이미 서점가에는 소설 쓰기에 관한 책이 흘러넘치고 있다. 그런 책들이 하나같이 글을 쓰는 기술을 가르쳐 주면서 독자의 머리만 채우는 책이라면, 이 책은 머리와 가슴을 동시에 채워 주는 책이라 할 수 있다. 또 다른 책들은 이미 소설을 쓰고 싶은 사람이 선택하는 책이지만, 이 책은 한 편의 소설을 읽는 사이에 저도 모르게 읽는 사람이 아니라 쓰는 사람이 되고 싶다는 생각이 들게 하는 책이기도 하다.

   나는 책을 좋아해서 늘 서점과 도서관을 기웃거리면서 책과 관련된 일을 하고 싶다는 꿈을 키웠다. 그래서 지금은 번역가가 되어서 국내에 소개되기 전인 책을 맨 먼저 만나는 축복을 누리고 있지만, 여전히 마음속에는 언젠가 꼭 멋진 소설을 쓰고 싶다는 꿈이 남아 있었다. 그리고 이 책을 읽고 나니 소설을 쓰고 싶은 마음이 더 강해졌다.
   얼마 전에 가마쿠라가 배경인 소설을 번역한 번역가가 그 책에 매료되어 직접 가마쿠라를 다녀와서 역자 후기를 가마쿠라 기행문으로 대신했다는 말을 들었다. 그렇다면, 소설과 소설을 쓰는 방법에 관해서 이야기하는 책을 번역한 나는 역자 후기로 단편소설 한 편은 써야 하지 않을까 하는 생각도 들었다. 하지만 그러기에는 아직 내 능력이 부족한데다 주어진 시간도 별로 없었다. 비록 지금은 아니더라도 언젠가 소설을 쓰기 위해, 소설가가 되기 위해 어떻게 해야 할지 이 책을 읽으면서 한번 생각해 보게 되었다.

   먼저, 너무 흔한 말이지만 좋은 글을 쓰기 위해서는 우선 많이 읽어야 한다. 책에서 다이조는 기미코에게 이렇게 말했다. "명작은 당연히 읽어야 하고, 졸작도 읽을 필요가 있어. 안 읽으면 좋은지 나쁜지 분간을 못 하니까. 읽는 게 이기는 거야."라고. 읽는 작업을 통해 그 소설이 어떻게 구성되어 있는지 체감할 수 있고, 많이 읽어야 어떤 글이 좋은 글이고 어떤 글이 형편없는 글인지 판단할 수 있는 능력이 생기고, 결국은 그 능력이 좋은 글을 쓰게 하는 힘이 된다. 2015년에 일본에서는 개그맨이 아쿠타가와 상을 받아서 화제가 되었는데, 그건 단순한 행운이 아니었다. 그 개그맨은 중학교 때부터 독서에 빠져서 지금까지 읽은 책이 2천 권이 넘는 독서광이었다. 이 책에도 주인공들이 소설을 쓰는 한편 시간을 쪼개어 '명작 10선'을 골라 읽는 장면이 나온다.

그 다음은 가능한 한 많이 써 보는 것인데, 여기서 중요한 것은 규칙적으로 성실하게 쓰는 것이다. 이 책에서도 평범한 고등학생들이 규칙적이고 성실하게 한 편의 소설을 완성해 나가는 과정을 보여 준다. 영화 〈아웃 오브 아프리카〉의 원작자인 이자크 디넨센은 이렇게 말했다. "나는 희망도 절망도 없이 매일매일 조금씩 씁니다." 번역도 마찬가지다. 며칠씩 쉬다 보면 한 문장 번역하는 일도 버거워지는 날이 있다. 소설이든 번역이든 무슨 일이든 시간과 노력을 들이지 않고 잘 할 수 있는 일은 없다.

마지막으로 필요한 것은 운동이다. 무슨 생뚱맞은 말인가 싶겠지만, 문예부 고문 스카린이 아이들에게 캐치볼을 시키는 것은 그냥 심심해서가 아니라, 작가의 계산된 의도가 숨어 있다. 소설가 무라카미 하루키는 거의 30년 동안 달리기를 계속해 왔는데, 일 년에 달리기를 쉬는 날은 불과 며칠 되지 않는다고 한다. "소설을 쓰는 과정이란 정말 머릿속이 하얗게 느껴질 정도로 힘들고 고된 작업이며 대단한 체력과 인내력이 요구된다. 체력과 인내력을 키우기 위해서 모색해 낸 것이 달리기였다."고 그는 말했다. 스카린이 선택한 캐치볼에는 체력과 인내력뿐 아니라, 더 나아가 공을 받는 상대방에 대한 배려, 소설을 읽는 독자에 대한 배려까지 포함되어 있었다.

    이 책에서는 이 밖에도 소설과 소설을 쓰는 방법에 관해 더 많은 것을 이야기한다. 나머지는 여러분이 직접 책을 읽고 생각해 보길 바란다. 한 가지 다행인 것은 소설을 쓰는 일에는 특별한 자격이 필요하지 않다는 점이다. 무라카미 하루키는 서른 살을 앞둔 1978년에 야구 경기를 구경하다가 자신이 소설을 쓸 수 있을 것 같은 생각이 들어서 그날부터 소설을 쓰기 시작해서 지금까지 계속 소설가로 살고 있다. 또 이 책에 등장하는 기미코도 바로 얼마 전까지는 축구밖에 모르고 소설에는 관심도 없었는데 공동 작업으로 소설 한 편을 써 내고 지금은 다음 작품을 준비하고 있다. 그러니까 여러분도 자신감을 가지길 바란다. 지금은 여러분과 내가 독자와 번역가로 만났지만, 언젠가는 작가와 작가로 만나는 날이 오지 않을까 기대해 본다.

김지연

새로고침 21
소설 쓰는 소설

펴낸날 | 초판 1쇄 2018년 1월 20일
　　　　초판 3쇄 2020년 5월 20일

지은이 | 스도 야스타카
옮긴이 | 김지연
펴낸이 | 정현문
편집 | 조현주, 양덕모, 이은지
마케팅 | 허지수
디자인 | 디자인포름

펴낸곳 | 책과콩나무
출판등록 | 제406-3130000251002007000153호
주소 | 경기도 파주시 회동길 37-20 4층
전화 | 02-3141-4772(마케팅), 02-6326-4772(편집)
팩스 | 02-6326-4771
이메일 | booknbean@naver.com
인스타그램 | www.instagram.com/booknbean01

ISBN 979-11-86490-75-4 (43830)
값 13,000원

이 도서의 국립중앙도서관 출판시도서목록(CIP)은 서지정보유통지원시스템
홈페이지(http://seoji.nl.go.kr)와 국가자료공동목록시스템(http://www.nl.go.kr/kolisnet)에서
이용하실 수 있습니다.(CIP제어번호 : CIP2017035005)

*잘못된 책은 구입한 곳에서 바꾸어 드립니다.
*이 책 내용의 전부 또는 일부를 재사용하려면 반드시 저작권자와
　책과콩나무 양측의 동의를 받아야 합니다.